世界一わかりすぎる源氏物語

『源氏物語大辞典』編集委員会

角川文庫 17045

はじめに

本書は、長大な『源氏物語』をわかりやすく説明したものです。巻ごとのあらすじと簡単な系図で『源氏物語』のあらましを知ることができます。さらに、コラムによって、物語世界の風俗や習慣、さまざまな出来事の背景や人々の心情など、多様な事柄について理解を深めることができるでしょう。

『源氏物語』は全五十四巻からなり、その内容から、三部に分けることができます。

第一部は、「1桐壺」の巻から「33藤裏葉」の巻までで、光源氏の誕生から栄華を極めるまでを、さまざまな恋愛遍歴とともに描いています。この間には、光源氏が、須磨・明石での流離の生活を経て、そこから復活する様子や、六条の院という広大な邸を構えて、女君たちを住まわせる様子も描かれています。

第二部は、「34若菜上」の巻から「41幻」の巻までで、光源氏が出家を決意するまでの憂愁に満ちた晩年を描いています。この間には、六条の院に迎えた若い妻女三の宮が不義の子(薫)を生んだり、最愛の妻紫の上が亡くなったりするなど、光源氏にとって不本意な出来事が重なります。

第三部は、「42匂兵部卿」の巻から「54夢浮橋」の巻までで、光源氏の死後の物語です。光源氏の子として育てられた薫と、光源氏の孫にあたる匂宮が、それぞれに繰り広げる、宇治の女君たちや浮舟との恋物語を描いています。この第三部のうち、「45橋姫」の巻以降の十巻を、特に、「宇治十帖」といいます。

本書では、それぞれの巻の最初に、主な登場人物の年齢を記しました。あらすじは、必要なことを簡潔に記し、複雑な物語の展開に惑わされないように留意しました。巻ごとに置かれた絵は、親しみやすいものを選び、あらすじとの関連がつけられるように配慮しました。

最後にあげた年立とは、『源氏物語』全体の出来事を、年代順に並べたものです。『源氏物語』では、時間が重複している部分や、時間を遡《さかのぼ》っている部分があるので、この年立を見ることで、物語の時間の流れがわかりやすくなるでしょう。

本書を読むことで、一人でも多くの方が『源氏物語』の面白さ、楽しさを知り、この偉大な古典を愛するようになっていただければ、これにまさる喜びはありません。

『源氏物語大辞典』編集委員会一同

目　次

はじめに　3
各巻について　11
1　桐壺　主人公の誕生　12
2　帚木　女性を語る男たち　16
3　空蟬　光源氏を拒んだ女　19
4　夕顔　はかない女　22
5　若紫　美少女発見　25
6　末摘花　お姫さまの顔を見た！　28
7　紅葉賀　本当のパパは光源氏　31
8　花宴　春の夜のアヴァンチュール　33
9　葵　やっと心が通いあったのに　36

コラム

❶天皇の妻たち　15
❷「方違え」って何？　18
❸垣間見は恋の始まり　21
❹乳母子の大活躍　24
❺「紫のゆかり」の女性たち　27
❻末摘花の髪　30
❼平安時代のお花見　35
❽物の気の正体は六条の御息所？　38

10　賢木　想い人の突然の出家　39
11　花散里　地味な女とも付き合う　42
12　須磨　光源氏、都を離れる　44
13　明石　光源氏復活！　47
14　澪標　栄華の予感　50
15　蓬生　待っていた効があって　53
16　関屋　光源氏を拒んだあの女は……　55
17　絵合　光源氏VS頭の中将　58
18　松風　明石の君、ついに上京す　61
19　薄雲　母娘のつらい別れ　64
20　朝顔　また、光源氏を拒む女　67
21　少女　大邸宅完成　70
22　玉鬘　六条の院に美女が！　76

❾斎宮と斎院　41
❿上巳の祓え　46
⓫住吉信仰　49
⓬紫の上の嫉妬　52
⓭逢坂の関　57
⓮物合　60
⓯母子を引き裂く理由　63
⓰春と秋と、どっちが好き？　66
⓱平安時代の結婚式　69
⓲六条の院　74
⓳観音信仰　78

23　初音　新年のはなやぎ　79
24　胡蝶　華やかな春の町　83
25　蛍　蛍の光で美女を見る　86
26　常夏　引き取ってはみたものの　89
27　篝火　もてすぎ玉鬘　92
28　野分　嵐のあと　94
29　行幸　月とスッポン、二人の姫君　97
30　藤袴　玉鬘、さらにモテモテ！　100
31　真木柱　好きでもないのに　103
32　梅枝　明石の姫君、成人する　105
33　藤裏葉　光源氏、最高の栄華　108
34　若菜上　光源氏、下り坂へ　111
35　若菜下　光源氏、妻を盗られる　115

⑳正月の年中行事　81
㉑六条の院の舟楽　85
㉒蛍の光　88
㉓釣殿　91
㉔野分のおかげ　96
㉕成人儀礼　99
㉖尚侍は微妙な立場　102
㉗薫物　107
㉘太上天皇　110
㉙光源氏の老い　114
㉚女楽で弾かれた琴　118

36 柏木　光源氏の子の秘密　119
37 横笛　形見の横笛は誰に？　122
38 鈴虫　鈴虫の声に誘われて　125
39 夕霧　親友の未亡人と……　127
40 御法　紫の上、死す　130
41 幻　光源氏、紫の上を忘れられず　133
42 匂兵部卿　どちらがお好き？ 二人の貴公子　136
43 紅梅　婿候補No.1、匂宮　139
44 竹河　玉鬘の娘たち　141
45 橋姫　宇治に美人姉妹が！　143
46 椎本　姫君たちの父、死す　147
47 総角　薫、策に溺れる　150

㉛子どもが生まれると……　121
㉜父と子をつなぐもの　124
㉝小野　129
㉞女君たちの最期　132
㉟その後の光源氏　135
㊱匂宮と薫　138
㊲大君と中の君　146
㊳八の宮の訓戒　149
㊴宇治　153

48　早蕨　大君を偲ぶ人々　154
49　宿木　大君亡き後、薫は……　156
50　東屋　浮舟の悲劇の始まり　160
51　浮舟　浮舟、進退きわまる　164
52　蜻蛉　浮舟亡き後、都では……　168
53　手習　浮舟、出家す　171
54　夢浮橋　浮舟、薫に返事をしないままに……　175

❹⓪身代わりの女君　159
❹①平安時代の洗髪はたいへん！　163
❹②二人の男に愛されて　167
❹③やっぱり親子、柏木と薫　170
❹④浮舟に見る出家のしかた　174
❹⑤物語の終わり　177

年立　178
系図　204

図版クレジット（番号は巻の番号）

イラスト／三角亜紀子：1桐壺・3空蟬・5若紫・6末摘花・8花宴・10賢木・11花散里・12須磨・15蓬生・17絵合・18松風・19薄雲・21少女・24胡蝶・25蛍・28野分・29行幸・31真木柱・34若菜上・36柏木・38鈴虫・40御法・41幻・43紅梅・44竹河・45橋姫・48早蕨・49宿木・50東屋・51浮舟・53手習・54夢浮橋

有職図版／須貝稔：24胡蝶・37横笛・38鈴虫・45橋姫・49宿木・50東屋

『源氏物語色紙貼混交屛風』（斎宮歴史博物館蔵）：2帚木・7紅葉賀・9葵・13明石・14澪標・23初音・26常夏・27篝火・30藤袴・33藤裏葉・35若菜下・37横笛・39夕霧・42匂兵部卿・46椎本・47総角・50東屋

『承応絵入版本』：11花散里・22玉鬘・32梅枝・52蜻蛉

『久我家嫁入り本源氏物語』（國學院大學図書館蔵）：4夕顔・16関屋

『源氏物語画帖』（京都国立博物館蔵）：20朝顔

各巻について

系図の人名についた▼は、その巻の始まる時点で故人であることを示し、人間家系を表す点線は、隠された実の親子関係を示す。

第一 桐《きり》壺《つぼ》

主人公の誕生

主要登場人物の年齢

光源氏	誕生～12
藤壺の宮	6～17
葵の上	5～16

桐壺帝《きりつぼてい》の御代《みよ》に、帝《みかど》の寵愛《ちょうあい》が深い更衣《こうい》（桐壺の更衣）※がいた。父はすでに亡く、しっかりした後ろ盾もないまま、帝の寵愛を独占していたために、ほかの女御《にょうご》や更衣たちの妬《ねた》みをかっていた。

しばらくして、第二皇子（光源氏）が生まれた。第一皇子（後の、朱雀帝《すざくてい》）の母弘徽殿《こきでん》の女御をはじめ、女御や更衣たちの心は穏やかではない。

桐壺の更衣は、光源氏が三歳で袴着《はかまぎ》※をした年の夏に亡くなり、桐壺帝は深い悲しみに沈んだ。その翌年に、第一皇子が春宮《とうぐう》になった。光源氏が六歳の年、桐壺の更衣の母も亡くなった。

その後、桐壺帝は、高麗人《こまうど》たちの、光源氏が帝と

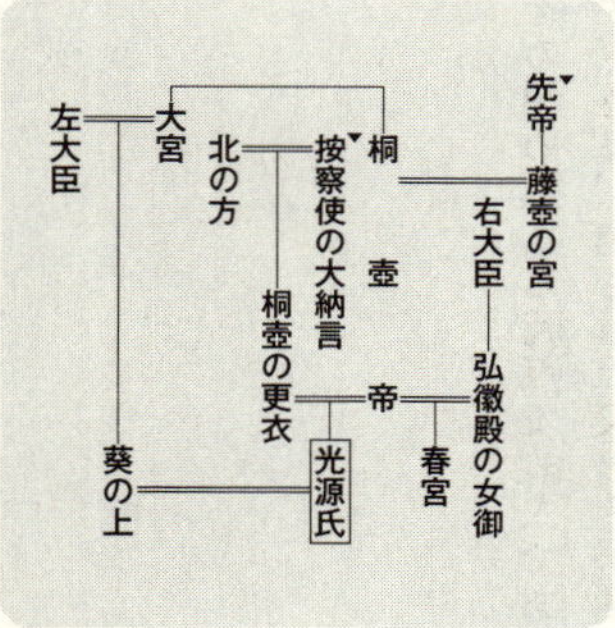

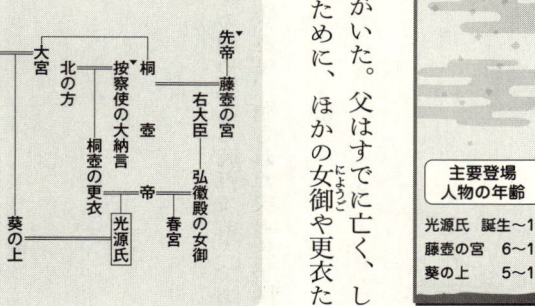

なると国が乱れるかもしれないという観相をもとに、光源氏を臣下の身分にした。時がたっても亡き桐壺の更衣を忘れられない帝は、桐壺の更衣にそっくりな藤壺《ふじつぼ》の宮（先帝の四の宮）を入内《じゅだい》させた。光源氏は、母に似ているという藤壺の宮を慕った。世間の人々は、第二皇子を「光君」、藤壺の宮を「輝く日（妃《ひ》）の宮」と呼んだ。

光源氏は十二歳で元服し、四歳年上の左大臣家の一人娘（葵《あおい》の上）と結婚した。しかし、光源氏は、母に似た藤壺の宮を恋い慕い、藤壺の宮のような人を自邸である二条の院に迎えたいと思うようになった。

桐壺帝は、一刻も早く生まれた子を見たいと参内を急がせた。

※桐壺の更衣　桐壺に住んでいた更衣。「桐壺」は、後宮五舎の一つで、淑景舎《しげいしゃ》の異称。壺（中庭）に桐が植えてあった。淑景舎・淑景北舎から成る。

※袴着　コラム31（121ページ）参照。

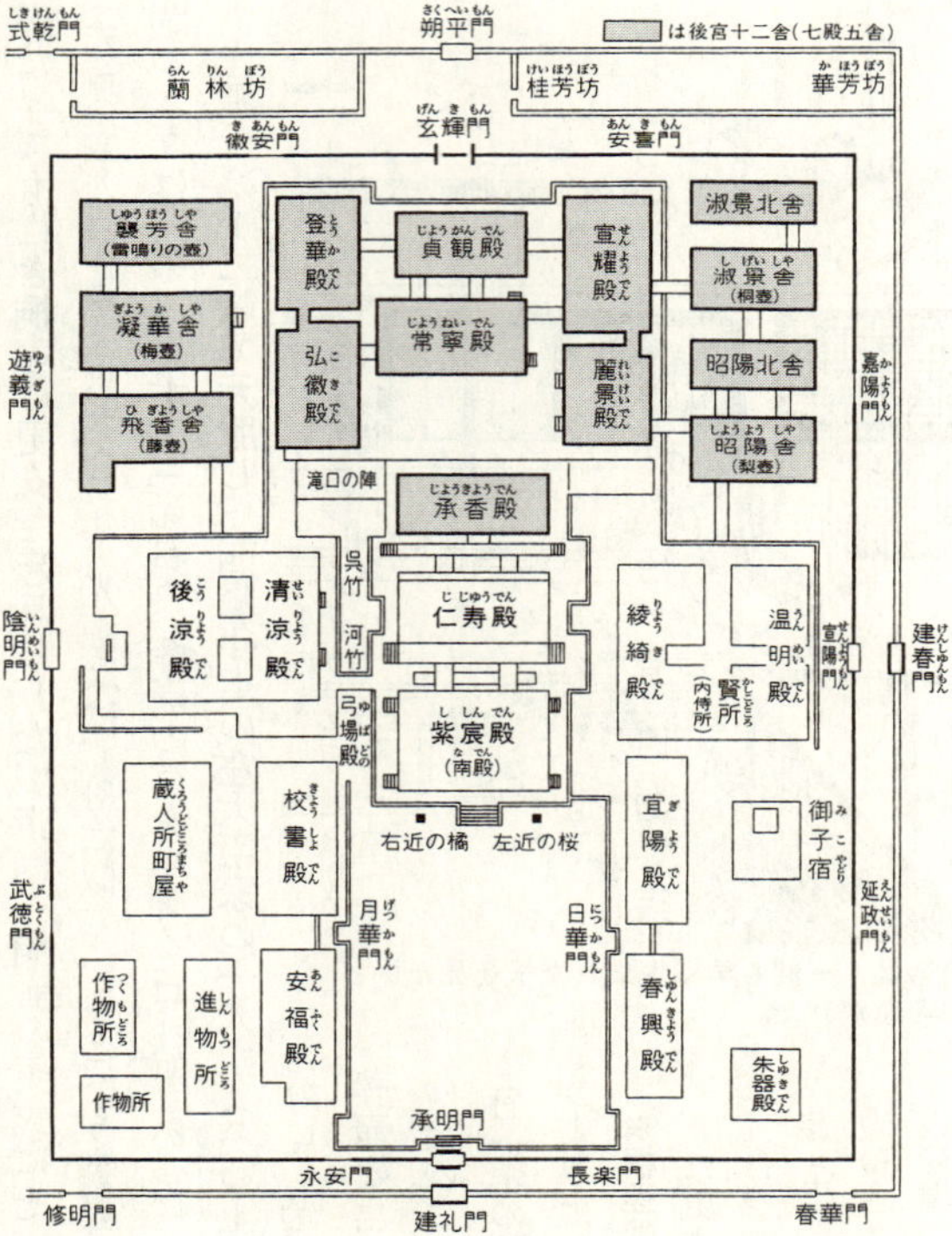
式乾門《しきけんもん》
朔平門《さくへいもん》
は後宮十二舎（七殿五舎）
蘭林坊《らんりんぼう》
桂芳坊《けいほうぼう》
華芳坊《かほうぼう》
徽安門《きあんもん》
玄輝門《げんきもん》
安喜門《あんきもん》
襲芳舎《しゅうほうしゃ》
（雷鳴りの壺）
登華殿《とうかでん》
貞観殿《じょうがんでん》
宣耀殿《せんようでん》
淑景北舎
淑景舎《しげいしゃ》
（桐壺）
凝華舎《ぎょうかしゃ》
（梅壺）
弘徽殿《こきでん》
常寧殿《じょうねいでん》
麗景殿《れいけいでん》
昭陽北舎
遊義門《ゆうぎもん》
嘉陽門《かようもん》
飛香舎《ひぎょうしゃ》
（藤壺）
昭陽舎《しょうようしゃ》
（梨壺）
滝口の陣
承香殿《じょうきょうでん》
呉竹
後涼殿《こうりょうでん》
清涼殿《せいりょうでん》
仁寿殿《じじゅうでん》
綾綺殿《りょうきでん》
温明殿《うんめいでん》
陰明門《いんめいもん》
河竹
宣陽門《せんようもん》
建春門《けんしゅんもん》
賢所《かしこどころ》
（内侍所）
弓場殿《ゆばどの》
紫宸殿《ししんでん》
（南殿《なでん》）
蔵人所町屋《くろうどどころまちや》
校書殿《きょうしょでん》
右近の橘
左近の桜
宜陽殿《ぎようでん》
御子宿《みこやどり》
武徳門《ぶとくもん》
延政門《えんせいもん》
月華門《げっかもん》
日華門《にっかもん》
作物所《つくもどころ》
進物所《しんもつどころ》
安福殿《あんぷくでん》
春興殿《しゅんきょうでん》
朱器殿《しゅきでん》
作物所
承明門
永安門
長楽門
修明門
建礼門
春華門

内裏図

コラム 1

天皇の妻たち

「桐壺」の巻の冒頭は、桐壺帝に女御と更衣が大勢いたと語っています。女御と更衣は、妃《きさき》のことです。女御は摂政・関白や大臣などの娘が、更衣は大納言以下の公卿《くぎょう》の娘がなりました。

天皇と結婚した娘が皇子を生み、その皇子が天皇になると、外戚《がいせき》として政治的な力を持つことができたので、貴族たちは自分の娘を次々と天皇の妃にして、皇子の誕生を願ったのです。

天皇の妃には、ほかに皇后（中宮）がいるのですが、『源氏物語』の始まりの時点では、まだ皇后がいませんでした。皇后になったのは、桐壺の更衣が亡くなった後に入内した藤壺の宮でした。桐壺帝は、藤壺が第十皇子（後の、冷泉帝《ぜいてい》）を生んだことで、皇子の将来を考えて、藤壺を皇后にしたのです。皇后になることができなかった第一皇子の母である弘徽殿の女御は心穏やかではなく、光源氏を失脚させようとの思いを募らせることになるのです。

第二 帚木《ははきぎ》

女性を語る男たち

主要登場人物の年齢

光源氏	17
藤壺の宮	22
葵の上	21
空蝉	年齢未詳

光源氏の元服から五年がたった。五月雨《さみだれ》が続く夏の夜、宮中の※宿直所《とのいどころ》で、光源氏は、頭《とう》の中将《ちゅうじょう》と、女性について語っていた。そこへ、左の馬頭《うまのかみ》と藤式部丞《とうしきぶのじょう》も加わって、それぞれの体験談も含めた女性論を語った。光源氏は、それを聞いていた。この雨夜の品定めで、光源氏は、中《なか》の品《しな》（中流階級）の女性の中にもすぐれた人がいると知って、興味を懐《いだ》く一方、藤壺《ふじつぼ》の宮を恋い慕う気持ちはますます深まった。

雨夜の品定めの翌日、光源氏は久しぶりに左大臣邸を訪れるが、葵《あおい》の上は相変わらずうち解けようとはしなかった。

その日の夜、※方違《かたたが》えをした紀伊守《きのかみ》邸で、中の品の女性である空蝉《うつせみ》と契りを結ぶ。空蝉は、紀伊守の父である伊予介《いよのすけ》の若い後妻であった。

その後、光源氏は、空蝉とふたたび逢《あ》いたいと望むが、空蝉

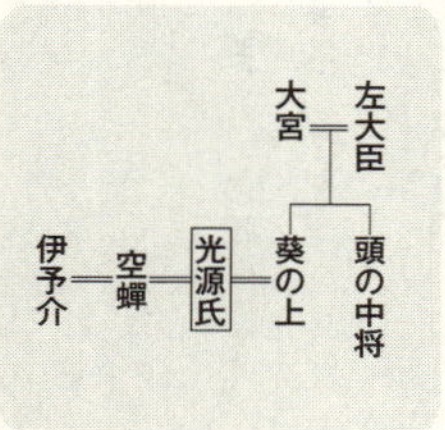

は、光源氏と自分の身分の違いを考えて、逢おうとはしなかった。

光源氏が頭の中将に女性から送られた手紙を見せているところに、左の馬頭たちが訪れて、中流の女性の魅力を語った。光源氏はその話を聞いて、中流の女性に興味を懐いた。

※**宿直所**　宮中で宿直する人が個別にあてられた居室。光源氏は亡き母更衣の居処であった桐壺を宿直所とした。

※**方違え**　コラム2（18ページ）参照。

コラム2

「方違え」って何?

「方違え」とは、陰陽道による俗信で、外出する際にその方角が忌むべき方角にあたる場合に、その方角を避けるために、前もって別な所に移ることをいいます。たとえば、翌日、北へ行こうとしても、その方角が忌むべき方角にあたる時には、前日のうちに東の方へ行ってそこから出かければ、忌むべき方角に向かわずにすみます。このように、忌むべき方角を避けるために移る所を、「方違え所」といいます。

『枕草子』の「すさまじきもの（興ざめなもの）」の段に、「方違へに行きたるに、饗《あるじ》せぬ所（方違えのために出かけて行ったのに、ご馳走してくれない所）。」とあるように、平安時代の人々にとって、方違えをすることは楽しみでもありました。また、人の家に出かけることで、男女の新たな出会いもあったのです。

第三　空蟬《うつせみ》

光源氏を拒んだ女

主要登場人物の年齢
光源氏　17

紀伊守《きのかみ》の留守中に空蟬《うつせみ》を訪ねた光源氏は、空蟬の弟の小君《こぎみ》の手引きで、軒端荻《のきばのおぎ》と碁※を打つ空蟬を※垣間見《かいまみ》た。光源氏が寝所に入ると、空蟬は、軒端荻と一緒に寝ていたが、光源氏のけはいを察して、そっと自分一人部屋を出る。光源氏は、残された軒端荻と契りを結びながらも、空蟬が残した衣を取ってむなしく帰った。

光源氏は、空蟬のことが忘れられず、※懐紙《ふところがみ》に歌を書いた。小君は、この懐紙を持って来て、空蟬に見せる。空蟬も、光源氏を拒んだものの、光源氏への思いを胸にしまっておくことができずに、この懐紙の端に、思いを託した歌を書き記すのだった。

※**碁**　中国伝来の盤上遊戯。二人の競技者が碁盤の上の目に白と黒の石を交互に置き、広く目数を占めた方が勝ちとなる。『枕草子』に、「つれづれ慰むもの、碁・双六」とあるように、

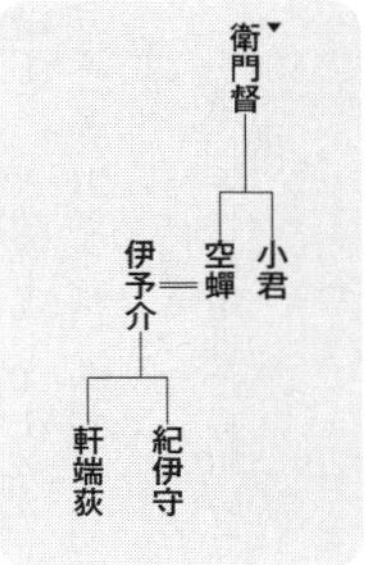

光源氏、空蝉と軒端荻が碁を打つところを垣間見る。後ろ姿の女性が空蝉。

よく行われた遊びで、男女ともに楽しんだ。

※垣間見　コラム3（21ページ）参照。

※懐紙　畳んで懐に入れておいた紙。材質は柔らかい楮紙《ちょし》。手紙や手習の用紙にも用いた。

コラム3

垣間見は恋の始まり

「垣間見」とは、垣根などの隙間から覗き見ることをいいます。『源氏物語』では、男性が女性を垣間見したことがきっかけとなって、さまざまな恋が始まっています。

「空蟬」の巻では、空蟬と軒端荻《のきばのおぎ》が碁を打って楽しんでいるところを、光源氏が垣間見しました。地味で美人とは言えないけれども品がよく嗜《たしな》み深い空蟬と、はなやかで豊満な美人ではあるけれども気品に欠けていて落ち着きがない軒端荻が、対照的に捉えられています。光源氏は、空蟬を目当てに忍んで来たのですが、二人を垣間見して、それぞれに異なる魅力を感じました。

「5若紫」の巻では、光源氏は、病気治療のために訪れた北山で、ひそかに思いを寄せていた藤壺の宮によく似た少女を垣間見して、心惹《ひ》かれました。後に生涯の伴侶となる紫の上との出会いです。

また、「34若菜上」の巻では、偶然に女三の宮を垣間見した柏木《かしわぎ》は、宮への恋心を抑えることができなくなってしまいました。その垣間見をきっかけに、光源氏の正妻である女三の宮への危険な恋へと足を踏み出していったのです。

第四 夕《ゆう》顔《がお》

はかない女

主要登場人物の年齢	
光源氏	17
葵の上	21
六条の御息所	24
夕顔	19
玉鬘	3

同じ頃、六条の御息所《みやすどころ》のもとに通っていた光源氏は、病気にかかった乳母《めのと》（大弐《だいに》の乳母）を見舞うために、五条にある家を訪ねた。この家の隣りには、夕顔の白い花が咲く家があり、興味をそそられた光源氏は、乳母子の惟光《これみつ》にその家の女主人（夕顔）の素性を探らせた。

秋になって、光源氏は、惟光から、夕顔が頭《とう》の中将《ちゅうじょう》ゆかりの人らしいとの報告を受ける。葵《あおい》の上とも六条の御息所とも気詰まりな思いを懐《いだ》いていた光源氏は、惟光に手引きを命じ、素性を隠して夕顔のもとに通うようになった。

八月十五夜に夕顔のもとを訪れた光源氏は、夜が明け始める頃、荒れ果てた何がしの院に夕顔を誘って、一日を過ごす。その夜、光源氏と夕顔が寝ていると、枕もとに美しい女性が夢に現れて、夕顔を襲い、取り殺してしまった。

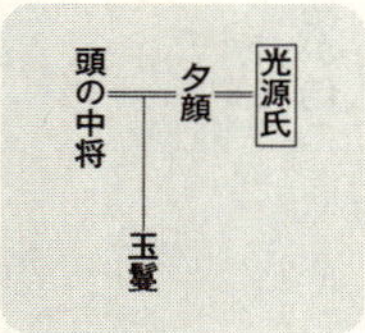

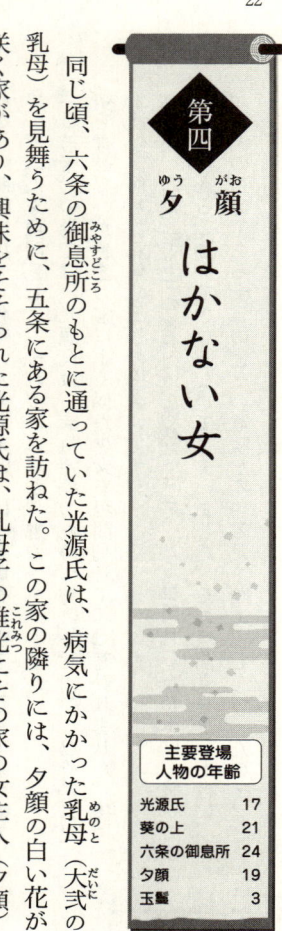

後を惟光に託して、自邸の二条の院に戻った光源氏は、十七日の夜、東山※で火葬される夕顔と最後の対面をして戻った後、病で寝込んでしまった。

後日、光源氏は、夕顔の乳母子の右近から、夕顔の素性を聞いた。夕顔は、雨夜の品定めの際に頭の中将が語った愛人であった。夕顔は頭の中将との間に娘（玉鬘《たまかずら》）がいたが、頭の中将の正妻の怒りを恐れて身を隠して、山里に籠《こも》ろうとしているところだったという。光源氏は、夕顔の形見にと思ってこの女子を引き取りたいと右近に言ったが、消息を知ることができなかった。

十月の初旬、空蟬は、夫伊予介とともに、伊予の国に下向した。

夕顔の花は、歌が書かれた扇に乗せて差し出された。

※**東山**　京都の東方の山。鴨川より東方に、南北に連なる丘陵の総称。送葬の地でもあった。

コラム 4

乳母子《めのとご》の大活躍

天皇や貴族たちは、御子が生まれると、その御子を、母親に代わって乳を飲ませる女性に育てさせました。この女性を、乳母といいます。乳母は、乳を飲ませるばかりではなく、教育係の役割も果たしました。乳が出る女性ですから、乳母には自分自身の子もいます。この子のことを、乳母子といいます。貴族の御子と乳母子は、もっとも信頼できる主従関係を結びました。

光源氏にとって惟光《これみつ》が乳母子であり、夕顔にとっては右近が乳母子です。

惟光は、光源氏の乳母子として、光源氏の依頼を受けて夕顔の素性を探り、右近は、夕顔の乳母子として、夕顔が亡くなる最後までそのそばにいました。

この後も、惟光は、「12須磨《すま》」の巻で光源氏が須磨に退去する時にも行動をともにしたように、常にそばにいて、光源氏を支えます。

右近は、後の「22玉鬘《たまかずら》」の巻で、夕顔の遺児玉鬘と再会して、玉鬘を光源氏のもとに連れて行く役を果たします。

このように、乳母子は、物語のなかでさまざまに大切な役割を果たしています。

第五
若紫《わかむらさき》
美少女発見

主要登場人物の年齢

光源氏	18
藤壺の宮	23
紫の上	10
明石の君	9

病気にかかった光源氏は、治療のために加持祈禱《かじきとう》を受けようとして、三月の末に北山を訪れた。夕方になり、光源氏は、藤壺《ふじつぼ》の宮にそっくりな、十歳ほどのかわいらしい少女（後の、紫の上）を垣間見《かいまみ》た。その少女は、藤壺の宮の兄兵部卿《ひょうぶきょう》の宮（のちに式部卿の宮）の娘で、藤壺の宮の姪であった。少女は、母を亡くし、北山の尼君のもとで育てられていた。光源氏は、この少女を引き取りたいと願い出たが、少女が幼いことを理由に断られた。病も癒《い》えた光源氏は、少女のことが忘れられないままに帰京した。

その後、光源氏は、三条の宮に退出していた藤壺の宮と逢瀬《おうせ》を果たした。六月に、藤壺の宮が懐妊したことが明らかになり、光源氏と藤壺の宮は苦悩を深めた。

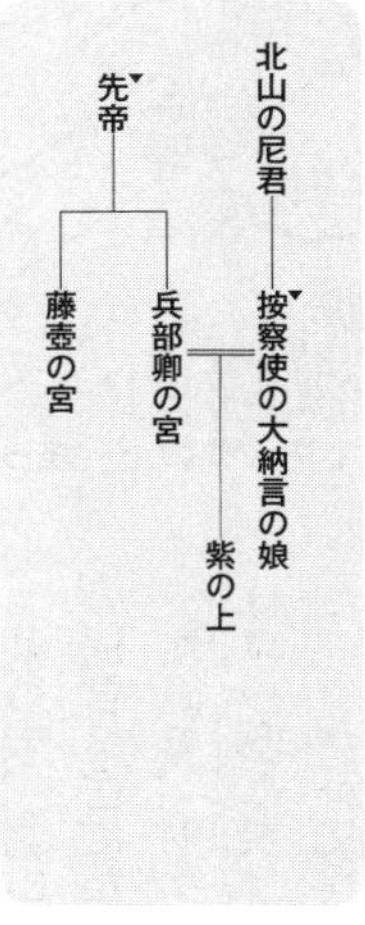

光源氏、紫の上を垣間見る。部屋の中で立っているのが紫の上、座っているのが北山の尼君。

秋の末、北山の尼君が亡くなった後で、少女は京の邸に戻った。少女が父兵部卿の宮に引き取られることを知った光源氏は、冬になって、少女を密かに二条の院に迎え取った。二条の院での生活に馴染んでゆく少女を、光源氏は大切に育てた。

コラム5

「紫のゆかり」の女性たち

『源氏物語』では、藤壺の宮、紫の上、女三の宮という「紫のゆかり」の女性たちと光源氏との関わりが、物語の展開に重要なモチーフとなっています。

光源氏は、亡き母桐壺の更衣に似た藤壺の宮に親しむうちに恋心を懐《いだ》くようになりましたが、それは許される恋ではありません。藤壺の宮への思いは、藤壺の宮のゆかりの人である紫の上に注がれることになります。紫の上の父は、藤壺の宮の兄なので、紫の上は藤壺の宮の姪にあたります。

紫の上は、「6末摘花」の巻と「34若菜上」の巻で、愛する人の縁者という意味で「紫のゆかり」と呼ばれています。それは、『古今和歌集』の詠人不知《よみびとしらず》の歌「紫の一本《ひともと》ゆゑに武蔵野の草は皆がらあはれとぞ見る（一本の紫草に愛着をおぼえるので武蔵野の草のすべてに心惹《ひ》かれる）」による表現です。

また、後に朱雀院《すざくいん》の女三の宮も、藤壺の宮のゆかりの人として登場します。女三の宮の母は、藤壺の宮と異母姉妹なので、女三の宮も藤壺の宮の姪なのです。紫の上という愛妻がいながら、光源氏が、女三の宮と結婚したのは、ただ朱雀院の頼みを断り切れなかったというだけではなく、女三の宮が藤壺の宮の姪、つまり「紫のゆかり」だったからでもあるのです。

第六 末摘花《すえつむはな》

お姫さまの顔を見た！

主要登場人物の年齢

光源氏	18～19
紫の上	10～11
末摘花	年齢未詳

亡《な》き夕顔を忘れることができずにいた光源氏は、乳母《めのと》（左衛門《さえもん》の乳母）の娘である大輔《たいふ》の命婦《みょうぶ》から、故常陸《ひたち》の宮が晩年にもうけた姫君（末摘花《すえつむはな》）が心細い思いをしながら住んでいるという噂《うわさ》を聞く。しかも、琴《※きん》の琴《こと》を弾くという。興味を懐《いだ》いた光源氏は、春の朧月夜に、大輔の命婦の手引きで、末摘花の琴の音《ね》を聞くために、宮中からの帰りに、末摘花邸を訪れた。光源氏の行動をあやしんだ頭《とう》の中将《ちゅうじょう》は、光源氏の後をつけて、末摘花のことを知る。その後、光源氏と頭の中将は、競って、末摘花に歌を贈るが、返事をもらえないまま、春と夏を過ごして、秋を迎えた。

八月下旬に、光源氏は、ようやく末摘花と契りを結んだが、その後、桐壺帝の朱雀《※すざく》院《いん》行幸の準備に忙しくて、末摘花のもとを訪れなかった。

ある雪の夜、光源氏は、思い立って、末摘花邸を訪れた。その翌朝、光源氏は、雪明かりで末摘花の醜い姿を見て驚く。末摘花

常陸の宮
｜
末摘花 ＝ 光源氏

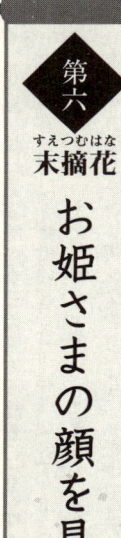

光源氏は、雪明かりで末摘花の顔をはっきりと見て驚いた。

は、座高が高く、鼻も象かと思われるほどに長く伸びていて、先のほうも垂れて赤く色づいていたのだった。

光源氏は、その後、末摘花邸を訪れることはあまりなかったが、貧しい末摘花に対する経済的な援助を欠かすことはなかった。夫の新年の装束の用意は正妻の役割であるのに、末摘花は、あたかも正妻であるかのように、光源氏の新年の装束を贈ってよこした。

翌年の春、光源氏は、二条の院で、紫の上と、鼻の赤い女の絵を描き興《か》じた。

※琴の琴　コラム30（118ページ）参照。

※朱雀院　この朱雀院は人物のことではなく、上皇御所。上皇、一の院が住んでいた。

コラム6

末摘花の髪

光源氏は、末摘花の顔を見て、その醜さに驚きましたが、頭の形と衣にかかる髪の美しさだけは、普段見ている高貴ですばらしい女性たちにも引けを取らないと感心しています。末摘花の髪は、ふさふさとしていて衣の裾にたまり、髪の先はさらに一尺以上も伸びていました。

髪が長いことは、当時の女性の美人の条件の一つでした。髪が短い女性は、鬘《かずら》をつけて補いました。鬘は、今のつけ毛（ウィッグ）のことです。光源氏は、妻の一人である花散里《はなちるさと》の歳をとって薄くなってきた髪を見て、鬘をつけて飾ったらいいのにと、批判的な眼《まな》ざしを向けています（「23初音」の巻）。末摘花は、髪だけを見るならば、指折りの「美人」ということになりそうです。

末摘花は、抜け落ちた自分の髪を取っておいて作った鬘を、末摘花のおばに連れられて九州に行くことになった侍女の侍従《じじゅう》の君に贈っています。その長さは、九尺を超えるものだったと語られています（「15蓬生」の巻）。末摘花は、貧しいなかで一生懸命に長年仕えてくれた侍従の君に感謝の気持ちを込めて鬘を贈ったのです。もしかすると、末摘花は、自分の髪が美しいことを自覚していたのかもしれません。

第七
紅葉賀《もみじのが》
本当のパパは光源氏

主要登場人物の年齢

光源氏	18〜19
藤壺の中宮	23〜24
葵の上	22〜23
紫の上	10〜11
冷泉帝	誕生

桐壺帝の朱雀院《すざくいん》行幸が、十月十日過ぎに予定されていた。桐壺帝《きりつぼてい》が藤壺《ふじつぼ》の宮のために催した清涼殿《せいりょうでん》の御前での※試楽《しがく》で、光源氏と頭の中将《とうのちゅうじょう》は、青海波《せいがいは》の舞を舞った。懐妊していた藤壺の宮は、光源氏の美しい舞い姿を見ながらも、複雑な思いを懐《いだ》くのであった。

朱雀院行幸が予定どおり行われた後、藤壺の宮は、出産のために三条の宮に退出した。光源氏は、藤壺の宮との逢瀬《おうせ》の機会を探る毎日を過ごし、葵《あおい》の上のもとに通うことはなかった。一方、光源氏が二条の院に女性を迎え取ったらしいとの噂《うわさ》を聞いた葵の上は、光源氏を疎み、二人の夫婦関係はますます悪化していった。

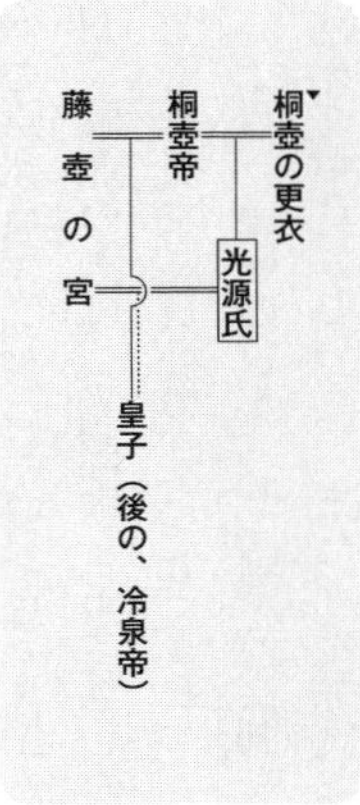

翌年の二月、予定よりも二か月後れて、藤

光源氏と頭の中将、青海波を舞う。

壺の宮が皇子（後の、冷泉帝《れいぜいてい》）を生んだ。藤壺の宮は、光源氏と生き写しの皇子を見て、良心の呵責《かしやく》に苦しむ。

七月、藤壺の宮が、弘徽殿《こきでん》の女御《にようご》を越えて中宮となった。また、光源氏は、参議に昇進した。

※**試楽**　行幸や賀宴などで行われる舞楽の予行演習。

第八 花宴《はなのえん》

春の夜のアヴァンチュール

主要登場人物の年齢

光源氏	20
藤壺の中宮	25
葵の上	24
紫の上	12
朧月夜	年齢未詳
春宮(朱雀帝)	23

二月下旬、宮中の※紫《し》宸殿《しんでん》で桜花の宴が催された。光源氏の舞や詩のすばらしさに、人々は感嘆する。宴が果てて夜が更けた後、酔い心地のままに※藤壺《ふじつぼ》のあたりをうかがっていた光源氏は、たまたま立ち寄った※弘徽殿《こきでん》の細殿《ほそどの》で、ある女君と出逢った。光源氏は、その女君と契りを結ぶが、名前も聞かずに別れた。

後日、光源氏は、この女君が弘徽殿の女御《にょうご》の妹（朧月夜《おぼろづきよ》）であったことを知る。朧月夜は、四月に春宮（後の、朱雀帝《すざくてい》）に入内《じゅだい》する予定であった。

宮中から二条の院に退出した光源氏は、紫の上が愛らしく成長していることを感じてうれしく思う。一方、葵《あおい》の上とは、相変わらず気まずい関係が続

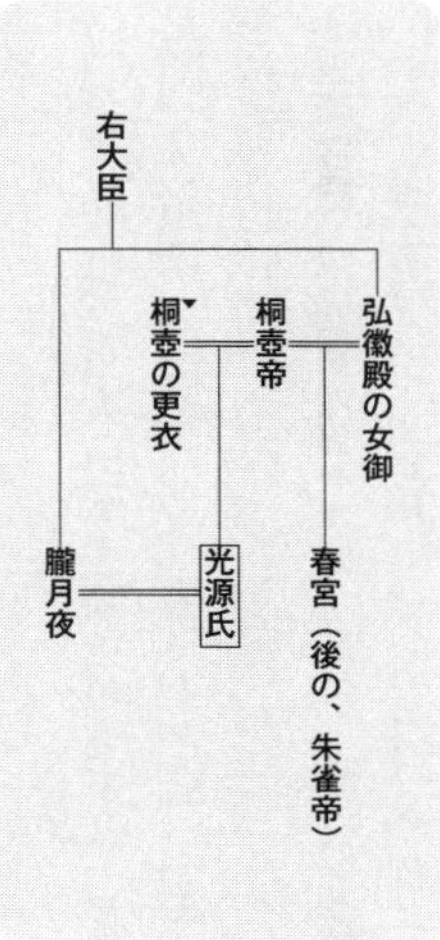

光源氏、朧月夜と偶然に出会う。

いていた。

三月下旬に、右大臣家で藤花の宴が催された際、光源氏も招かれて、朧月夜と会い、歌を詠み交わした。

※**紫宸殿**　平安京内裏の正殿。即位、春宮の元服、朝賀、節会《せちえ》などの公事《くじ》や儀式が行われた。「南殿《なんでん》」ともいう。内裏図（14ページ）参照。

※**藤壺**　後宮五舎の一つで、飛香舎《ひぎょうしゃ》の異称。壺（中庭）に藤が植えてあった。

※**弘徽殿**　後宮七殿の一つ。清涼殿の北にあり、中宮・女御などが住んだ。

コラム7

平安時代のお花見

　平安時代の人々は、宮中でも貴族の邸《やしき》でも、それぞれの季節に咲き乱れる花々や、秋の月や色づく紅葉などを愛《め》でるための祝宴を催して、移りゆく季節を楽しみました。

「花宴」の巻の名は、桐壺帝が二月の二十日過ぎに宮中の紫宸殿《ししんでん》の前の東隅に植えられた桜の花を愛でるために催した桜の花の宴によって名づけられました。現在の暦では、三月の下旬から四月の初めにあたります。この桜の木を、左近の桜といいます。北を上にして描いた現在の地図では、紫宸殿の右側になりますが、右近、左近という言い方は、紫宸殿で南を向いて玉座にすわる天皇の側《がわ》から見たものです。

　この桜の花の宴で、光源氏は、春宮（後の、朱雀帝《すざくてい》）から所望されて、春鶯囀《しゅんのうでん》という舞の所作を少し舞って見せました。ほかにも、この宴で、句の末に「春」という字を用いた漢詩を作っています。

　このように、その季節にふさわしい舞や詩を披露しながら、人々はともに一日を楽しんだのです。

第九 葵《あおい》

やっと心が通いあったのに

主要登場人物の年齢

光源氏	22〜23
藤壺の中宮	27〜28
葵の上	26
紫の上	14〜15
六条の御息所	29〜30
朱雀帝	25〜26
夕霧	誕生〜2

前年、桐壺帝《きりつぼてい》が譲位して、朱雀帝《すざくてい》が即位し、藤壺《ふじつぼ》の中宮《ちゅうぐう》が生んだ皇子（後の、冷泉《れいぜい》帝《てい》）が春宮《とうぐう》になった。

大将に昇進した光源氏は、従者も多くなり、思いどおりに忍び歩きもできなくなった。六条の御息所《みやすどころ》は、光源氏の頼みどころのない態度に悩み、娘が※斎宮になったことを機に、娘とともに伊勢へ下向しようかと悩む。

四月、六条の御息所は、心が慰められるかと思って、光源氏が供として行列に加わる、新※斎院の御禊《ごけい》の見物に出かけた。懐妊していた葵《あおい》の上も、侍女たちにせがまれて見物に出かけた。ここで、御息所と葵の上の従者同士の物見の場所取りの争い（車争い）があり、御息所は、

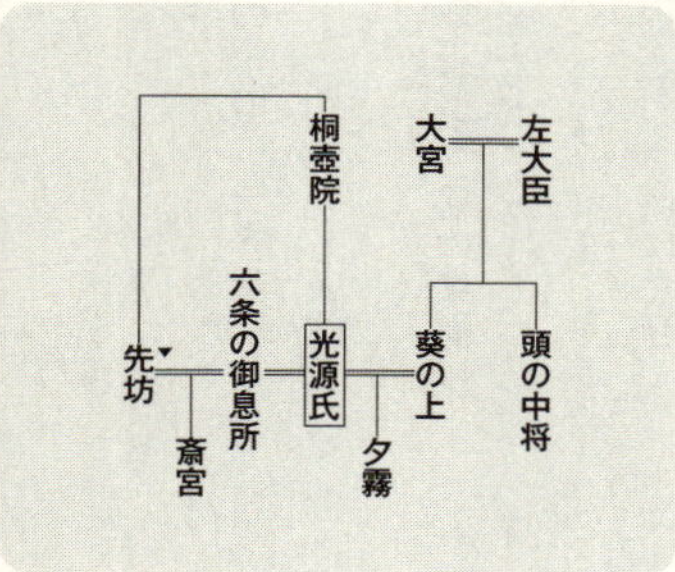

葵の上の従者から辱めをうけた。
御息所は、この後、もの思いを深くし、物《もの》の気《け》となって、葵の上に取り憑く。葵の上は、御息所の物の気に悩まされながら、八月になって、男君（夕霧）を生んだ。秋の司召《つかさめし》で、光源氏や左大臣たちが参内している間に、産後も健康が戻らないままだった葵の上が亡くなり、八月下旬に※鳥《とり》辺野《べの》に葬られた。葵の上の死は、光源氏とやっと心が通いあったかと思われた矢先のことであった。

六条の御息所の車は、葵の上一行に押しのけられる。

　葵の上の四十九日も終わり、左大臣邸から自邸の二条の院に戻った光源氏は、藤壺の中宮そっくりに成長した紫の上と新枕《にいまくら》を交わした。

※斎宮・斎院　コラム9（41ページ）参照。

※鳥辺野　京都郊外の東山山麓一帯の地。清水寺の南方から泉涌寺の北方にわたるあたりをいう。火葬場があり、墓地が多かった。

コラム 8

物《もの》の気《け》の正体は六条の御息所？

「物の気」とは、人に取り憑《つ》いて苦しめたり死に至らしめたりすると信じられていた悪霊で、生霊と死霊がありました。物の気に取り憑かれたら、加持《かじ》などによって一時的に物の気を憑坐《よりまし》に移して、正体を名告《の》らせたり、取り憑いた理由などを話させたりして、退散させました。

懐妊している葵の上に取り憑いて苦しませた物の気は、初めはなかなか正体を名告りませんでした。それで、人々は、光源氏が通っている女性たちの生霊が取り憑いているのではないかと噂《うわさ》しました。新斎院の御禊《ごけい》の日、物見の車争いで、葵の上一行に辱《はずかし》められて以来、苦悩を深めていた六条の御息所《みやすどころ》は、その噂を耳にして、物の気は自分の生霊ではないかと思うようになっていきます。

やがて、物の気の正体は、六条の御息所だということが明らかにされます。ただし、物の気が正体を現すのは、光源氏の前だけなのです。いかにも誇り高い六条の御息所らしいといえましょう。あるいは、光源氏自身も、噂を聞いていたので、そのように思い込んでいたという解釈も成り立つかもしれません。

葵の上は、無事に出産しましたが、結局、物の気によって命を奪われてしまったのです。

第十 賢《さか》木《き》

想い人の突然の出家

主要登場人物の年齢

光源氏	23〜25
藤壺の中宮	28〜30
紫の上	15〜17
六条の御息所	30〜32
夕霧	2〜4
朝顔の姫君	年齢未詳

翌年の秋、斎宮として潔斎《けっさい》中の娘と一緒に野宮《ののみや》にいた六条の御息所《みやすどころ》は、光源氏への思いを断ち切って、九月に予定されている斎宮の伊勢下向に同行することを決意した。下向間近になった九月七日の頃、光源氏は、六条の御息所を野宮に訪れ、歌を詠み交わして別れを惜しんだ。九月十六日、六条の御息所は、斎宮とともに伊勢に下向した。十月、桐壺院《きりつぼいん》は、朱雀帝《すざくてい》に、光源氏を朝廷の後見役とするようにと遺言し、十一月に亡くなった。藤壺《ふじつぼ》の中宮は、桐壺院の四十九日が明けた後に、三条の宮に退出した。

翌年の二月、朧月夜《おぼろづきよ》が尚侍※《ないしのかみ》になった。また、斎院が父桐壺院の喪に服することによって、朝顔の姫君が代わりに次の斎院になった。

藤壺の中宮への思いを断ち切ることができない光

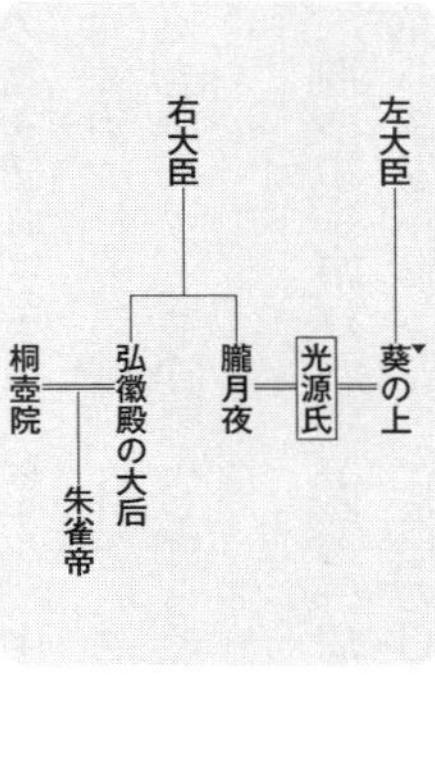

光源氏、六条の御息所がいる野宮を訪ね、榊をさし出す。

源氏は、三条の宮を訪れて中宮に迫るが、中宮はその場をのがれた。秋、藤壺の中宮との関係に絶望した光源氏は、雲林院《うりんいん》にしばらく籠《こも》った。

十二月下旬、藤壺の中宮は、桐壺院の一周忌のための※法華《ほっけ》八講《はっこう》を主催し、その最後の日に出家した。光源氏のいまだにやまない恋心を危ぶみ、春宮《とうぐう》（後の、冷泉帝《れいぜいてい》）を守るための出家であった。

翌年春、左大臣が辞任した。世の中は、ますます右大臣方が勢力を強めてゆく。

夏、光源氏は、里に下がっていた朧月夜との密会を右大臣に見つけられる。右大臣は、すぐに娘の弘徽殿《こきでん》の大后《おおきさき》に報告した。

※尚侍　コラム26（102ページ）参照。

※法華八講　『法華経』八巻を、朝座・夕座の八座に分けて講説する法会。

コラム 9

斎宮と斎院

皇室を守護するための伊勢神宮と、平安京を鎮護するための賀茂《かも》神社は、皇室から未婚の皇女や女王が赴いて、祭祀《さいし》を行いました。

伊勢神宮に奉仕する皇女や女王を斎宮、賀茂神社に奉仕する皇女や女王を斎院といいます。また、その奉仕する所を斎院・斎宮ということもあります。天皇が替わると、斎院と斎宮も、原則として交代しました。

斎宮に選ばれると、三年間の潔斎を経て、伊勢に下りました。桐壺帝《きりつぼてい》が譲位して朱雀帝《すざくてい》が即位した時に斎宮に選ばれたのは、六条の御息所《みやすどころ》の姫君でした。この時、朱雀帝に皇女がいなかったためです。この斎宮は、朱雀帝が譲位し、冷泉帝《れいぜいてい》が即位して帰京した後に、女御《にょうご》（梅壺の女御）として、冷泉帝のもとに入内《じゅだい》しました。後の、秋好中宮《あきこのむちゅうぐう》です。

斎院に選ばれると、賀茂川で御禊《ごけい》をし、二年間の潔斎を経て、三年目にふたたび賀茂川で御禊をして賀茂神社の斎院に入りました。朱雀帝が即位した時には、まだ朱雀帝には皇女がいなかったために、譲位した桐壺帝の女三の宮が斎院になっています。この女三の宮の母は、朱雀帝と同じく、弘徽殿《こきでん》の大后《おおきさき》です。

第二 花散里《はなちるさと》

地味な女とも付き合う

主要登場人物の年齢

光源氏 25
花散里 年齢未詳

光源氏は、朧月夜《おぼろづきよ》との一件もあって、世の中を厭《いと》わしく思うが、出家にまではふみきれずにいた。その気持ちを慰めようと思って、五月二十日、故桐壺院の女御《にょうご》の一人であった麗景殿《れいけいでん》の女御を訪ねようとした。

その途中、昔の女性の家の前を通りかかって、歌を詠み交わした。

女御の邸《やしき》では、木々が高く生い繁り、橘の花が心惹《ひ》かれるように香っていた。光源氏は、女御と、昔のことを語り合う。その折、橘の香に誘われるようにほととぎすが鳴いた。光源氏は、女御と歌を詠み交わした後、女御の妹の花散里《はなちるさと》のもとを訪れた。

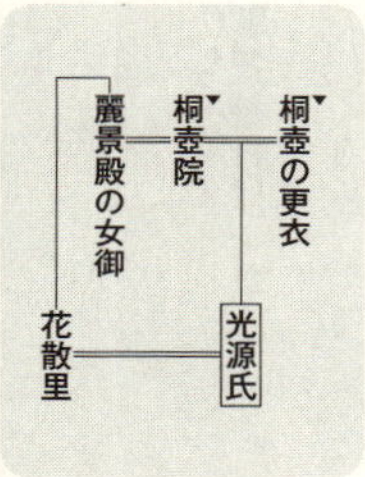

光源氏、麗景殿の女御と昔のことを語り合う。

橘の花

ほととぎす

第一二 須《す》磨《ま》 光源氏、都を離れる

主要登場人物の年齢

光源氏　26〜27
藤壺の中宮　31〜32
紫の上　18〜19
六条の御息所　33〜34
明石の入道　60ほど
明石の尼君　50(51)〜51(52)
明石の君　17〜18
夕霧　5〜6

光源氏は、失脚させられるのではないかと恐れて、自ら須磨へ退去することを決心する。都を離れるにあたって、光源氏は、左大臣邸の人々や、紫の上、藤壺《ふじつぼ》の中宮たちと、それぞれに別れを惜しんだ。光源氏は、所領の権利書などを紫の上に託した。このような折にも、光源氏は朧月夜《おぼろづきよ》にこっそりと手紙を送っていた。須磨に出発する前日、光源氏は、藤壺の中宮を訪れ、その後で亡き桐壺院《きりつぼいん》の山陵《さんりょう》を拝んだ。

三月下旬、須磨に到着した光源氏は、寂しい生活のなか、藤壺の中宮、紫の上、六条の御息所《みやすどころ》たちと手紙を交わしていた。しかし、心が慰められない光源氏は、八月十五夜、都に思いを馳せ、憂愁の念を深めた。

明石《あかし》では、光源氏が須磨に来ているという噂《うわさ》を聞いた明石の入道が、これは住吉の神の

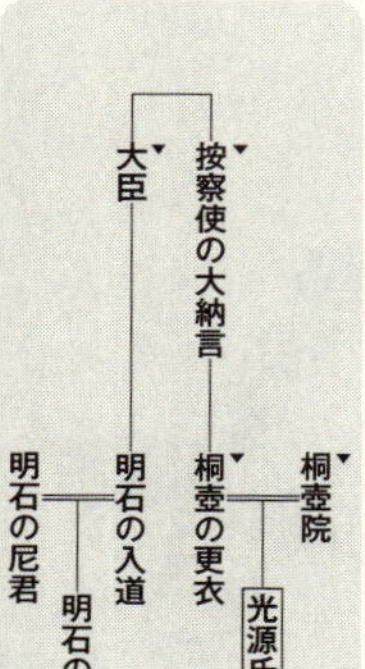

お導きだと信じて、明石の尼君に、娘明石の君を光源氏と結婚させたいと告げた。

翌年の三月の初め、光源氏が、※上巳《じようし》の祓《はら》えをするために海辺に出向き、神々に身の潔白を主張する歌を詠むと、暴風雨が突然吹き荒れた。

※上巳の祓え　コラム10（46ページ）参照。

須磨の地を暴風雨が吹き荒れる。

コラム 10

上巳《じょうし》の祓《はら》え

罪や穢《けが》れを人形《ひとかた》（人の形を写し取った物）に移して水に流すことによって身を清めて災いを除くことを、祓えといいます。特に、三月の初めの巳《み》の日に行われた上巳の祓えは五節供の一つであり、この時に水に流される人形は、現在の雛《ひな》祭りの際の流し雛の原型です。

光源氏は、須磨に退去して二年目の三月に上巳の祓えをしました。光源氏は、流されていく人形と、須磨に退去している自分の運命とを重ね合わせて、

知らざりし大海《おほうみ》の原に流れ来てひとかたにやはものは悲しき（見たこともなかった大海のほとりに人形のように流れて来て、並一通りではない悲しい思いをしている）

という歌を詠みました。「ひとかたに」に、「人形」と副詞の「ひとかたに」を掛けた歌です。

光源氏は、この後、夢に現れた亡き桐壺院の諭しに従って明石の浦に行って、明石の君と出会い、都に戻りました。光源氏が海辺にある須磨の地へ退去したことは、みずからが犯した罪の穢れを祓うためであり、光源氏の運命を大きく変えたのでした。

第一三　明石《あかし》

光源氏復活！

主要登場人物の年齢

光源氏	27〜28
藤壺の中宮	32〜33
紫の上	19〜20
朱雀帝	30〜31
明石の入道	60ほど
明石の尼君	51(52)〜52(53)
明石の君	18〜19

暴風雨は、数日間続いた。三月十三日の夜、光源氏の夢に亡き桐壺院《きりつぼいん》が現れ、須磨を去るようにと諭した。その後、明石《あかし》の入道が、光源氏を迎えるために舟で訪れた。光源氏は、亡き桐壺院の諭しに従って、入道に伴われて明石の浦に行った。

明石の入道は、光源氏と明石の君が結婚することを望んだ。明石の君は、光源氏と自分の身分の違いを考えて、結婚をためらっていた。八月中旬、光源氏は、明石の君のもとを訪れ、二人は契りを結んだ。

光源氏の夢に亡き桐壺院が現れた日、朱雀《すざく》帝《てい》の夢にも桐壺院が現れて朱雀帝を睨《にら》みつけた。それ以来、朱雀帝は眼病を患う。

この年は、都でも天変地異があった。

年が明けて、朱雀帝は譲位したいと強く思

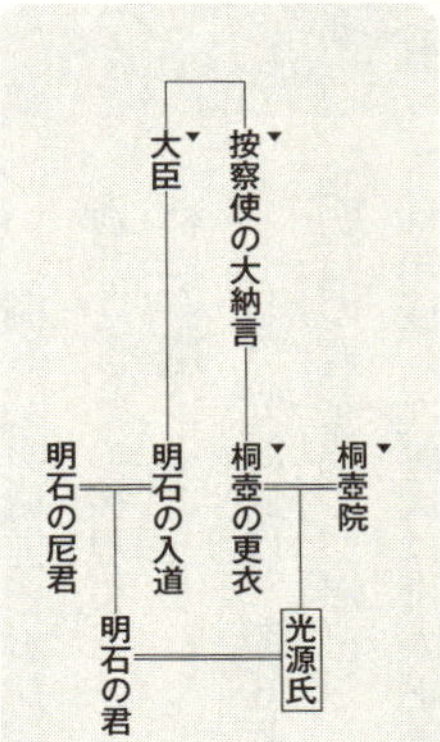

光源氏、明石の君のもとを訪ねる。

い、桐壺院の遺言どおり、光源氏を朝廷の後見役とするために召還することにした。

七月、光源氏は、懐妊した明石の君を残して帰京した。帰京後、光源氏は権大納言に昇進した。

コラム 11

住吉信仰

住吉の神は、摂津《せっつ》の国（現在の大阪府・兵庫県の一部）から播磨《はりま》の国（現在の兵庫県の一部）を含む広大な神域を持ち、海に関わる浄めの神として、古くから信仰されていました。平安時代では、遣唐使船が帰着する際、帝から住吉神社に勅使が送られるなど、住吉信仰は朝廷にも広がっていました。

光源氏が退去した須磨も、後に移った明石も、住吉の神の広大な神域の中にありました。光源氏が、暴風雨に見舞われたときに、住吉の神に祈願したのもそのためです。「14澪標」の巻では、光源氏は、その時の願ほどきのために住吉神社にお礼の参詣をしています。

また、光源氏が、暴風雨の後に須磨から明石に移ったのも、住吉の神に導かれてのことでした。そこで明石の君と結ばれたのは、まさしく住吉の神の神意に拠るものといえるでしょう。二人の間に誕生した姫君は、将来、帝の后になる運命なのでした。

じつは、明石の一族と住吉信仰とは、深い関わりがありました。明石の入道が、誰にも秘密にして、明石の君の将来に関わる祈願を住吉の神にしていたことは、「34若菜上」の巻で、初めて明らかになります。

第一四

澪標《みおつくし》

栄華の予感

主要登場人物の年齢

光源氏　28〜29
藤壺の中宮　33〜34
紫の上　20〜21
朱雀帝（朱雀院）　31〜32
冷泉帝　10〜11
六条の御息所　35〜36
前斎宮（秋好中宮）　19〜20
明石の君　19〜20

十月に、光源氏は、亡き桐壺院《きりつぼいん》のための追善の法華《ほっけ》八講《はっこう》を催した。

翌年の二月に、春宮（後の、冷泉帝《れいぜいてい》）が元服した。同月の下旬には、朱雀帝《すざくてい》が在位九年で譲位し、春宮が即位した。光源氏も内大臣となり、実質上の政権を握った。三月、明石《あかし》の姫君が誕生したことを聞いた光源氏は、自分には子どもが三人生まれ、それぞれが、帝《みかど》、后《きさき》、太政大《だいじょうだい》臣《じん》になるという予言を思い起こす。光源氏から明石の君のことをうち明けられた紫の上は嫉妬《しっと》する。

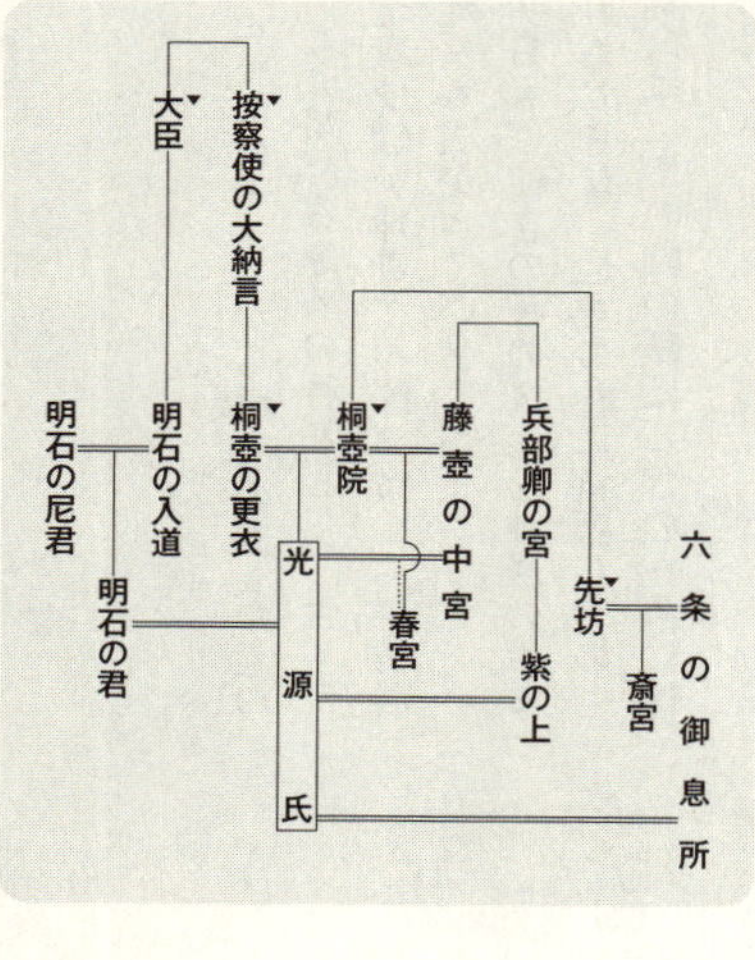

秋になり、光源氏は、無事に都に戻ることができたことのお礼のために、住吉に参《さん》詣《けい》した。一方、明石の君も住吉に参詣した。その途中、舟の上から、遠く光源氏一行の盛大で華やかな様子を眺めて圧倒された明石の君は、光源氏との身分の違いをあらためて思い知る。

光源氏、住吉に参詣する。偶然居合わせた明石の君は、圧倒されて、光源氏に会わずに帰る。明石の君は、左上の舟に乗っている。

天皇が交替したことにともなって、前斎宮（後の、秋好中宮《あきこのむちゅうぐう》）が母六条の御息所《みやすどころ》とともに帰京した。六条の御息所は、出家した後、光源氏に娘の将来を託して亡くなった。

その冬、光源氏は、藤壺の中宮と相談して、前斎宮を冷泉帝《れいぜいてい》に入内《じゅだい》させることにした。

コラム
12

紫の上の嫉妬

紫の上は、理想的な女性として描かれていますが、光源氏にとって、一つだけやっかいだったのは、嫉妬をすることだとされています。ただし、紫の上は上手に嫉妬するので、実際は、光源氏の愛情を深める魅力の一つなのでした。「澪標」の巻には、嫉妬する紫の上の様子が描かれています。明石の地から帰ってきた光源氏は、退去していた間に明石の君と結ばれていたばかりでなく、娘まで生まれていたというのです。そのことを光源氏の口から聞いた紫の上は、衝撃を受けながらも、明石の君への嫉妬を率直に光源氏に伝えています。紫の上は、明石の君に対しては、幾度となく嫉妬の情を表しています。それは、自分よりも身分の低い明石の君に対してだからこそ可能なことでした。

やがて、「34若菜上」の巻で、光源氏が朱雀院《すざくいん》の女三の宮を正妻に迎えた時は、紫の上は嫉妬を表すことも憚《はばか》られて、苦悩を深めるばかりでした。

当時の女性は、結婚しても子どもがいないと不安な立場に置かれました。子ども好きだったのに自分の子に恵まれなかった紫の上は、光源氏の愛情だけが頼りでした。それゆえの不安や苦悩は、すでにこの「澪標」の巻に芽生えていたといえるでしょう。

第一五 蓬生《よもぎう》

待っていた効《かい》があって

主要登場人物の年齢
光源氏　28〜29

光源氏が須磨《すま》に退去している間、その援助がなくなった末摘花《すえつむはな》の邸《やしき》は荒れ果て、生活は困窮していた。侍女たちも一人二人と去ってゆくなかで、末摘花は、亡き父常陸《ひたち》の宮の思い出の邸を頑《かたく》なに守っていた。

末摘花のおばは、※受領《ずりょう》と結婚したことで宮家から疎まれていた。その報復のために、末摘花を娘たちの侍女にしようとたくらんでいた。夫が※大宰大弐《だざいのだいに》になった際に、おばは、末摘花を九州へ伴おうとしたが拒まれた。代わりに、末摘花に長年仕えていた侍女の侍従《じじゅう》の君を連れて行ってしまった。

その頃、光源氏は、都に戻っていたが、末摘花を思い出すことはなかった。

翌年の四月、光源氏は、花散里《はなちるさと》への訪問を思い立ち、その途中、末摘花邸のそばを通った際に、末摘花のこと

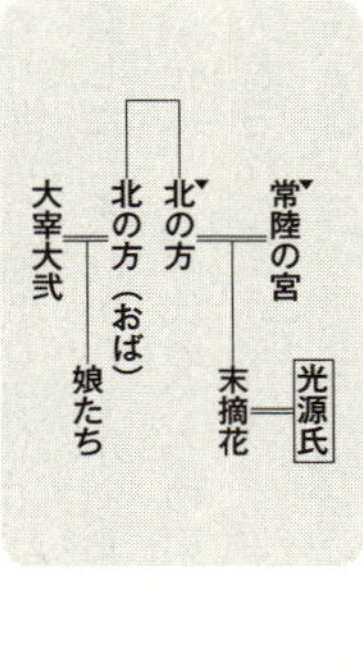

末摘花邸の前を通りかかった光源氏は、末摘花のことを思い出して、草が生い茂ったその邸を訪ねた。

を思い出して、惟光《これみつ》の導きで邸を訪れ、末摘花と再会した。それから二年あまりの後、末摘花は、光源氏の二条の東の院に迎え入れられたという。

※受領　任国に赴いて国務を司る国司の長官。位は、五位か六位程度だった。

※大宰大弐　九州の大宰府の次官。長官である帥《そち》が不在の時、実質的な長官であった。

第一六　関《せき》屋《や》

光源氏を拒んだあの女は……

主要登場人物の年齢

光源氏　29

空蝉《うつせみ》は、桐壺院《きりつぼいん》が亡くなった翌年に、夫伊予介《いよのすけ》が常陸介《ひたちのすけ》になったために、常陸の国に下っていた。空蝉は、任期を終えた夫とともに上京した。一行は、※逢坂《おうさか》の関で、石《いし》山寺《やまでら》へ参詣《さんけい》しようとしていた光源氏と出会った。

後日、光源氏は、空蝉の弟小君（今は右衛門佐《えもんのすけ》）を介して、空蝉に手紙を送り、空蝉も返事を書いた。

その後、常陸介が亡くなり、継子《ままこ》紀伊守《きのかみ》（今は河内守）から恋心をうち明けられた空蝉は、現世を厭《いと》わしく思って出家した。

※逢坂の関　コラム13（57ページ）参照。

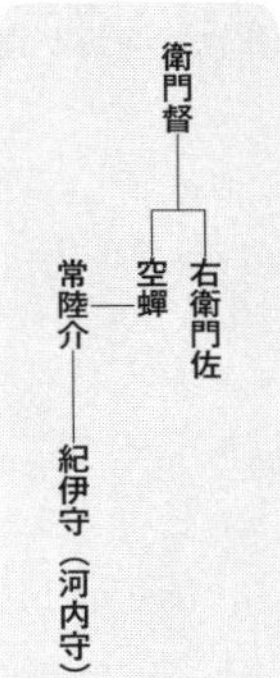

常陸の国から上京する途中、逢坂の関で、空蝉は、石山寺に参詣する光源氏と出会った。右下の牛車には光源氏、左上の牛車には空蝉が乗っている。

コラム13

逢坂の関

逢坂の関は、現在の京都府と滋賀県との境にある逢坂山に設けられた関で、畿内と東国との境界として、交通の要衝の地でした。逢坂の関があることから、逢坂山のことを関山《せきやま》といい、その関の番人の詰め所のことを関屋といいます。

逢坂の関を詠んだ有名な歌に、『百人一首』に採られた、

　これやこの行くも帰るも別れては知るも知らぬも逢坂の関

という、蟬丸《せみまる》の歌があります。都から東国へ旅立つ人とそれを見送る人が逢坂の関で別れるさまを詠んだ歌です。「逢坂」の語に、「逢ふ」の意味が掛けられているように、人が会う、特に男女が「逢ふ」ことを詠んだ歌が多く作られています。

光源氏と空蟬は、逢坂の関で会いながらも、この時は、「逢ふ」ことがかないませんでした。

空蟬は、夫の死後に、継子である紀伊守《きのかみ》から恋心をうち明けられて出家しますが、その後、光源氏に二条の東の院に引き取られて、光源氏の世話になりながら余生を暮らしたことが語られています（「23初音」の巻）。

第一七 絵合《えあわせ》

光源氏VS頭の中将

主要登場人物の年齢

光源氏	31
藤壺の中宮	36
紫の上	23
朱雀院	34
冷泉帝	13
梅壺の女御(秋好中宮)	22
弘徽殿の女御	14

二年後の春、前斎宮は、冷泉帝《れいぜいてい》のもとに女御《にょうご》として入内《じゅだい》し、梅壺《うめつぼ》を局《※つぼね》とした。すでに入内していた権中納言《ごんちゅうなごん》（頭《とう》の中将《ちゅうじょう》）の娘の弘徽殿《こきでん》の女御と、光源氏の養女である梅壺の女御（後の、秋好中宮《あきこのむちゅうぐう》）は、冷泉帝の後宮を二分することになる。

梅壺の女御は絵が上手で、絵を好む冷泉帝の寵愛《ちょうあい》は、次第に梅壺の女御へ移ってゆく。光源氏も権中納言も、後見する女御たちのために、それぞれ絵を集める。藤壺《ふじつぼ》の中宮の御前で、梅壺の女御《にょうご》方（左方）と弘徽殿の女御方（右方）に分かれて、物語絵の優劣を競う絵合が催された。勝負は持ち越しとなり、日を改めて冷泉帝の御前で絵合が催された。左方の最後に、須磨に退去した当時の憂愁の日々が描かれた、光源氏の日記絵が出され、

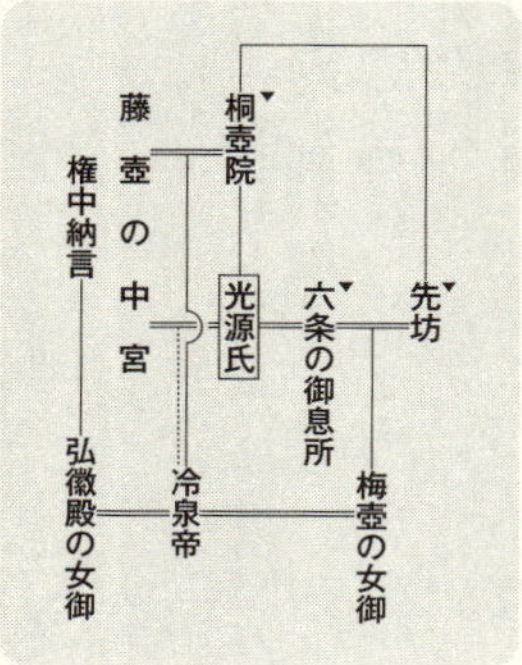

冷泉帝の前で、梅壺の女御方と弘徽殿の女御方が、それぞれ自慢の絵を出し合う。御簾の向こうにいるのが冷泉帝。

左方が勝ちとなった。このことをきっかけとして、冷泉帝の後宮は梅壺の女御方が弘徽殿の女御方を政治的にも圧倒することになった。

※局　天皇の后妃《こうひ》が宮中に与えられた殿舎。

コラム 14

物合《ものあわせ》

物を比べ合わせて、その優劣を競う遊びを、物合といいます。歌合、根合、薫物《たきもの》合などがありました。

歌合は、左方と右方から出された歌を合わせて一番の取組とし、その歌を講《こう》師《じ》が吟じて披露し、判者《はんじゃ》が勝ち・負け・持《じ》（引き分け）の判を下しました。

根合は、五月五日の端午の節供に、菖蒲《しょうぶ》の根の長さを競ったものです。

薫物合は、各自が調合して持ち寄った薫物の香りを競ったものです。

絵合も、左方と右方から出された絵の優劣を競う物合の一つですが、『源氏物語』では、後宮争いの一こまとして描かれています。絵を好む冷泉帝《れいぜいてい》のために、藤壺《ふじつぼ》の中宮《ちゅうぐう》の発案で、梅壺《うめつぼ》の女御《にょうご》方と権中納言《ごんちゅうなごん》（頭《とう》の中将《ちゅうじょう》）方の弘徽殿《こきでん》の女御が、『竹取の翁』と『伊勢物語』、『うつほの俊蔭《としかげ》』と『正三位』を出して優劣を競いましたが、決着がつかずに、光源氏の提案で、後日、冷泉帝《れいぜいてい》の御前でも行われることになりました。この絵合では、朱雀院《すざくいん》の母后（弘徽殿の大后《おおきさき》）から伝わる絵を、光源氏の「須磨《すま》、明石《あかし》の二巻《ふたまき》」が圧倒する形で決着して、光源氏の政治的な復活を印象づけることになったのです。ただし、『源氏物語』以前には、絵合が催されたという記録がありません。

第一八　松《まつ》風《かぜ》

明石の君、ついに上京す

主要登場人物の年齢

光源氏	31
紫の上	23
明石の君	22
明石の姫君	3
明石の尼君	55(56)

同じ年の秋、二条の東の院が完成した。光源氏は、西の対《たい》には花散里《はなちるさと》を住まわせた。東の対には明石《あかし》の君を上京させて住まわせようと予定していた。しかし、明石の君は、自分の身分が低いことを思い、上京をためらう。明石の入道は、明石の尼君が相続していた※大堰《おおい》の山荘を改修し、明石の君をそこに住まわせることにした。明石の君が尼君や姫君とともに明石の地を去る朝、明石の入道は、涙ながらに皆を送り出した。

明石の君たちが大堰に移り住んだことを紫の上に知らせていなかった光源氏は、嵯峨野《さがの》の御堂《みどう》での用事にかこつけて、明石の君を訪ねた。光源氏は、明石の君と三年ぶりに再会して、明石の姫君の将来を思いつつ山荘を後にする。光源氏が大

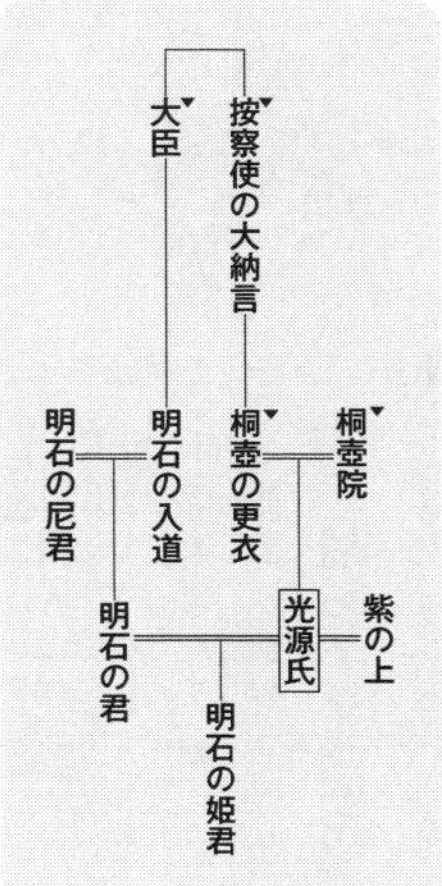

桂の院で饗宴を催していた光源氏のもとに、鷹狩をしていた男たちが、獲物の小鳥を献上した。

堰に出かけたことを知った人々が桂の院※に集まったので、光源氏は饗宴《きょうえん》を催した。

帰宅した光源氏は、紫の上にすべてをうち明け、明石の姫君を養女として迎えることを相談した。

※**大堰** 京都の嵯峨・嵐山のあたり。

※**桂の院** 桂川のほとりに光源氏が造った別邸。

コラム 15

母子を引き裂く理由《わけ》

光源氏は、大堰《おおい》の山荘に移り住んだ明石の君のもとを訪れて、初めて明石の姫君に会いました。明石の地を離れた時にはまだ生まれていなかった姫君は、数え年で三歳となり、かわいい盛りです。光源氏は、姫君をたいそう愛《いと》おしいと思い、このまま大堰には置いてはおけないと思います。

じつは、光源氏は、子どもが三人生まれて、それぞれ、帝、后、太政大臣《だいじょうだいじん》になるという予言を得ていました。すでに、藤壺《ふじつぼ》の宮との秘密の子が、帝となって、予言の一部は実現しています。そうすると、葵の上が生んだ夕霧が将来の太政大臣、この明石の君が生んだ姫君が后になることになります。

将来、明石の姫君を入内《じゅだい》させるためには、身分の低い明石の君が母親であること、都ではなく明石の地で生まれたことは、マイナスの要因です。光源氏は、姫君を早く二条の院に引き取って、紫の上を養母にして育てさせようと決めました。

明石の姫君が后になるというすぐれた運命を持っているのであるならば、光源氏は、親としてその実現のために手を尽くしたいと思ったのです。

なお、物語のなかで、夕霧が太政大臣になることは語られていません。

第一九 薄《うす》雲《ぐも》

母娘《おやこ》のつらい別れ

主要登場人物の年齢

光源氏	31〜32
藤壺の中宮	36〜37
紫の上	23〜24
冷泉帝	13〜14
梅壺の女御（秋好中宮）	22〜23
明石の君	22〜23
明石の姫君	3〜4

同じ年の冬、明石《あかし》の君は、光源氏から二条の東の院に移り住むことを勧められて思案にくれる。光源氏は、姫君だけでも京に移り住まわせたいと考えて、姫君を紫の上の養女として二条の院に迎えたいと伝えた。明石の君は、思い悩んだ末、明石の尼君の助言もあり、姫君の将来のためを思って、姫君を手放すことを決意した。二条の院に引き取られた姫君はすぐに紫の上に親しんだ。

年が明けると、故葵《あおい》の上の父太政大臣《だいじょうだいじん》が亡くなった。この年は、天変地異が起こり、疫病も流行した。藤壺《ふじつぼ》の中宮も、厄年《やくどし》の三十七歳で亡くなる。

中宮の四十九日が過ぎた頃、藤

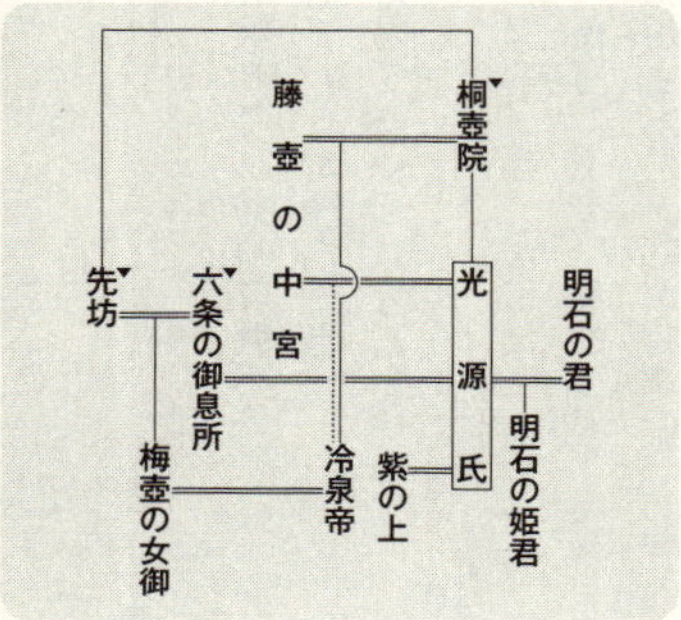

明石の君、娘の将来のために姫君を紫の上に託そうと決心する。みずから姫君を抱いて車まで送る。

壺の中宮、冷泉帝と三代に仕えた祈禱《きとう》僧が冷泉帝に出生の秘密を奏上した。実父は、光源氏であることを知って驚愕《きょうがく》した帝は、光源氏に帝位を譲ろうとするが、光源氏は頑《かたく》なに拒む。

秋、権中納言《ごんちゅうなごん》（頭《とう》の中将《ちゅうじょう》）は、大納言に昇進した。この頃、光源氏は、二条の院に退出した梅壺の女御《にょうご》（後の、秋好《あきこのむ》中宮《ちゅうぐう》）に、母六条の御息所《みやすどころ》のことを語りながら恋心をほのめかした。この折に、光源氏と秋好中宮は、春と秋のどちらが素晴らしいかについて語り合った。秋好中宮は、母御息所が亡くなった季節であることを理由に秋に心を寄せていると答えた。

コラム16

春と秋と、どっちが好き?

わが国は、四季折々の美しさに恵まれていて、春夏秋冬それぞれの季節を楽しむことができます。『古今和歌集』には、春の歌（巻一と巻二）が一三四首、夏の歌（巻三）が三四首、秋の歌（巻四と巻五）が一四五首、冬の歌（巻六）が二九首収められていますが、このことからわかるように、なかでも、春の花、秋の紅葉に代表される春と秋は、特に親しまれました。

春と秋のどちらがすばらしいか、どちらが好きかということは、『万葉集』の時代から人々の関心の的で、それを論ずることを春秋《しゅんじゅう》争いといいます。『源氏物語』のなかでは、紫の上と梅壺《うめつぼ》の女御《にょうご》が春秋争いをしています。紫の上は春、梅壺の女御は秋が好きな女君とされています。紫の上が春を好むのは、「5若紫」の巻で、三月の末に、山桜の花盛りに登場することと関わるのでしょうし、梅壺の女御が秋を好むのは、母である六条の御息所《みやすどころ》が秋に亡くなったことによるものです。紫の上は、「28野分」の巻で、美しく咲き乱れる樺桜にたとえられてもいます。梅壺の女御は、後世、秋好中宮《あきこのむちゅうぐう》と呼称されています。

光源氏の六条の院が完成した時には、紫の上は春の町、梅壺の女御は秋の町に移り住んでいます（「21少女」の巻）。

第二十 朝《あさ》顔《がお》

また、光源氏を拒む女

主要登場人物の年齢

光源氏	32
紫の上	24
朝顔の姫君	年齢未詳
源典侍	71（72）

同じ年の秋、光源氏は、亡き桐壺院《きりつぼいん》の妹の女五の宮を訪問し、その後に朝顔の姫君を訪ねた。姫君は、父式部卿《しきぶきょう》の宮が亡くなったことによって斎院《さいいん》を退《しりぞ》き、故宮邸で叔母の女五の宮と一緒に住んでいたのであった。光源氏は、姫君に親しく語りかけるが、姫君は、光源氏にうち解けようとしなかった。

十一月、光源氏は、ふたたび朝顔の姫君を訪ねるが、ここで、さらにすっかり老い衰えた源典侍《げんないしのすけ》と会い、世の無常を思う。源典侍は、亡き桐壺帝の典侍※で、かつて光源氏と関係があった人である。光源氏は、あらためて朝顔の姫君に恋心を訴えるが、姫君は、それを拒み、仏道修行に励んだ。

雪の夕暮れ、光源氏は、庭で女童《めのわらわ》たちに雪玉を作らせる遊びをして、紫の上に見せた後、紫の上に、藤壺《ふじつぼ》の中宮、朝顔の姫君、朧月夜《おぼろづきよ》、明石《あかし》の君たちとの思い出を語った。その夜、

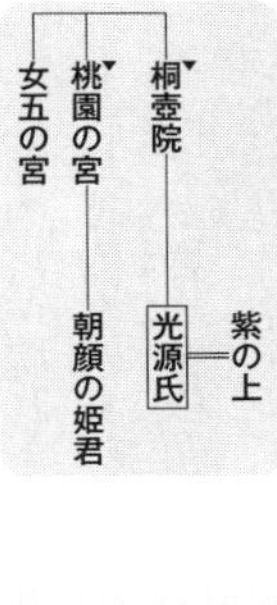

光源氏は、雪の日の夕暮れ、女童に雪の玉を作らせる。隣りにいるのは紫の上。

光源氏の夢に亡き中宮が現れた。光源氏は、中宮が成仏できずにいると思って寺々に※誦経《ずきよう》を依頼し、自身も阿弥陀仏《あみだぼとけ》を念じた。

※典侍　内侍《ないし》の司《つかさ》の次官。定員四名。内侍の司は、後宮十二司《こうきゅうじゅうにし》の一つ。天皇のそばに仕え、天皇への取り次ぎや、後宮の礼式・雑事などをつかさどった。

※誦経　僧にお経を唱えさせること。

コラム 17

平安時代の結婚式

平安時代の貴族の一般的な結婚の儀式は、現在とはずいぶん違っていました。結婚の初日、新郎は、新婦のもとに手紙を出してから、夜になって新婦の家を訪れます。その時に新郎が持ってきた火は、新婦の家の火と合わせて、新郎新婦の寝所に立てられた帳《とばり》の前の灯台に灯《とも》しました。この火は、三日間灯し続けます。新郎が脱いだ沓《くつ》は、婿が足繁く娘のもとに通い続けるようにとの願いを込めて、新婦の親が抱いて寝ました。新郎は、夜が明ける前に自分の家に戻り、新婦に手紙を送ります。この手紙を「後朝《きぬぎぬ》の文《ふみ》」といいます。二日目も、初日とほぼ同じように行われました。

三日目には、「三日夜《みかよ》の餅《もちい》」という儀式が行われました。新郎が新婦の家を訪れると、小さな餅が盛られた銀盤が三枚、銀の箸と木の箸とともにさし出されます。この餅を二人で食べることで、正式に結婚が成立しました。この餅のことも、「三日夜の餅」といいます。餅を食べた後、新婦の両親が用意した装束を身につけた新郎は帳の外に出て新婦の両親と顔を合わせ、祝宴が催されました。この祝宴を、「露顕《ところあらわし》」といいます。新婚三日目の「三日夜の餅」と「露顕」が終わって、二人の結婚は社会的に認知されたのです。

第二一 少女《おとめ》 大邸宅完成

主要登場人物の年齢

光源氏	33～35
紫の上	25～27
夕霧	12～14
雲居雁	14～16
冷泉帝	15～17
秋好中宮	24～26
明石の君	24～26

年が改まり、藤壺《ふじつぼ》の中宮の一周忌が過ぎた。光源氏は、依然として朝顔の姫君を慕うが、姫君は拒み続けていた。

光源氏は、十二歳で元服した夕霧を、四位にすることができたのに、六位にして、大学寮※で学ばせ

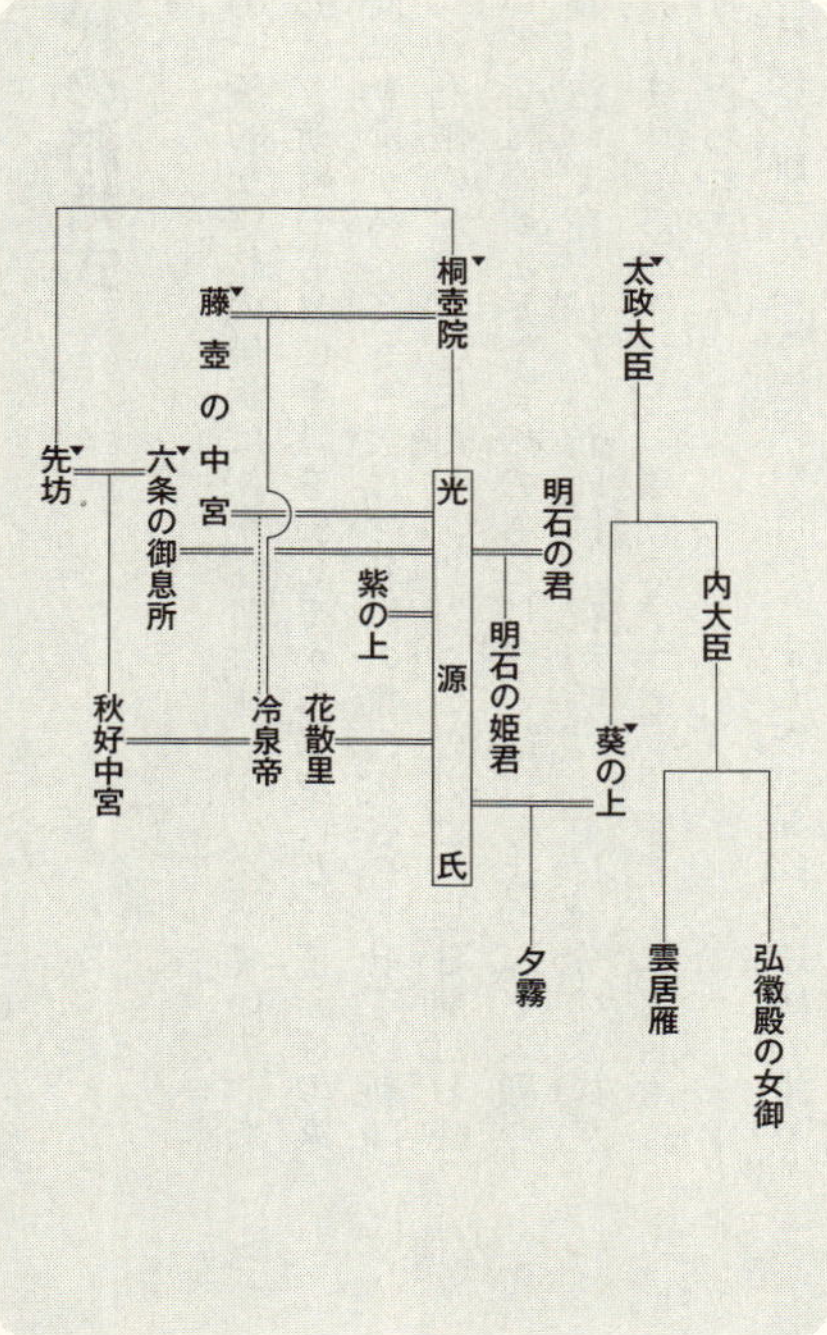

た。夕霧は、これに応《こた》えて勉学に励み、大学寮での試験にすべて合格した。
秋、梅壺の女御《にょうご》が中宮（秋好中宮《あきこのむちゅうぐう》）になった。光源氏は太政大臣《だいじょうだいじん》に、大納言（頭《とう》の中将《ちゅうじょう》）は内大臣に昇進した。内大臣は、弘徽殿《こきでん》の女御に加えて、次女雲居雁《くもいのかり》も入内《じゅだい》させようと考えていた。しかし、大宮のもとでともに育てられていた雲居雁と夕霧は幼い恋心を育《はぐく》んでいた。これを知った内大臣は、強引に、雲居雁を自邸に引き取った。

秋の町の秋好中宮から、春の町の紫の上に、花や紅葉とともに歌が贈られる。

十一月、光源氏は、惟光《これみつ》の娘（藤《とう》典侍《ないしのすけ》）を※五節《ごせち》の舞姫にした。
翌年の二月下旬、冷泉帝が朱雀院《すざくいん》に行幸し、詩歌や歌舞の宴があった。
秋、夕霧は、従五位となって侍従に任じられた。
翌年の秋、六条の院が完成した。六条の院は、光源氏が、亡き六条の御息所《みやすどころ》の旧領地を取り入れて造った、普通の寝殿造りの四倍の広さの壮大な邸《やしき》で、四季の町からなっている。春の町には光源氏と紫の上、夏の町に花散里《はなちるさと》、秋の町に秋好中宮がそれぞれ移り住んだ。

九月になると、秋好中宮から紫の上のもとに、秋のすばらしさを詠んだ歌が贈られてきた。

十月、明石《あかし》の君も六条の院の冬の町に移った。

※大学寮　式部省に属し、明経《みようぎよう》道、明法《みようぼう》道、紀伝《きでん》道（文章《もんじよう》道）、算《さん》道などを教授して、官吏を養成する機関。

※五節　大嘗会《だいじようえ》や新嘗会《しんじようえ》に行われた宮中行事。十一月の中の丑《うし》の日から辰《たつ》の日までの四日間、五節の舞姫による舞楽を中心に行われた。

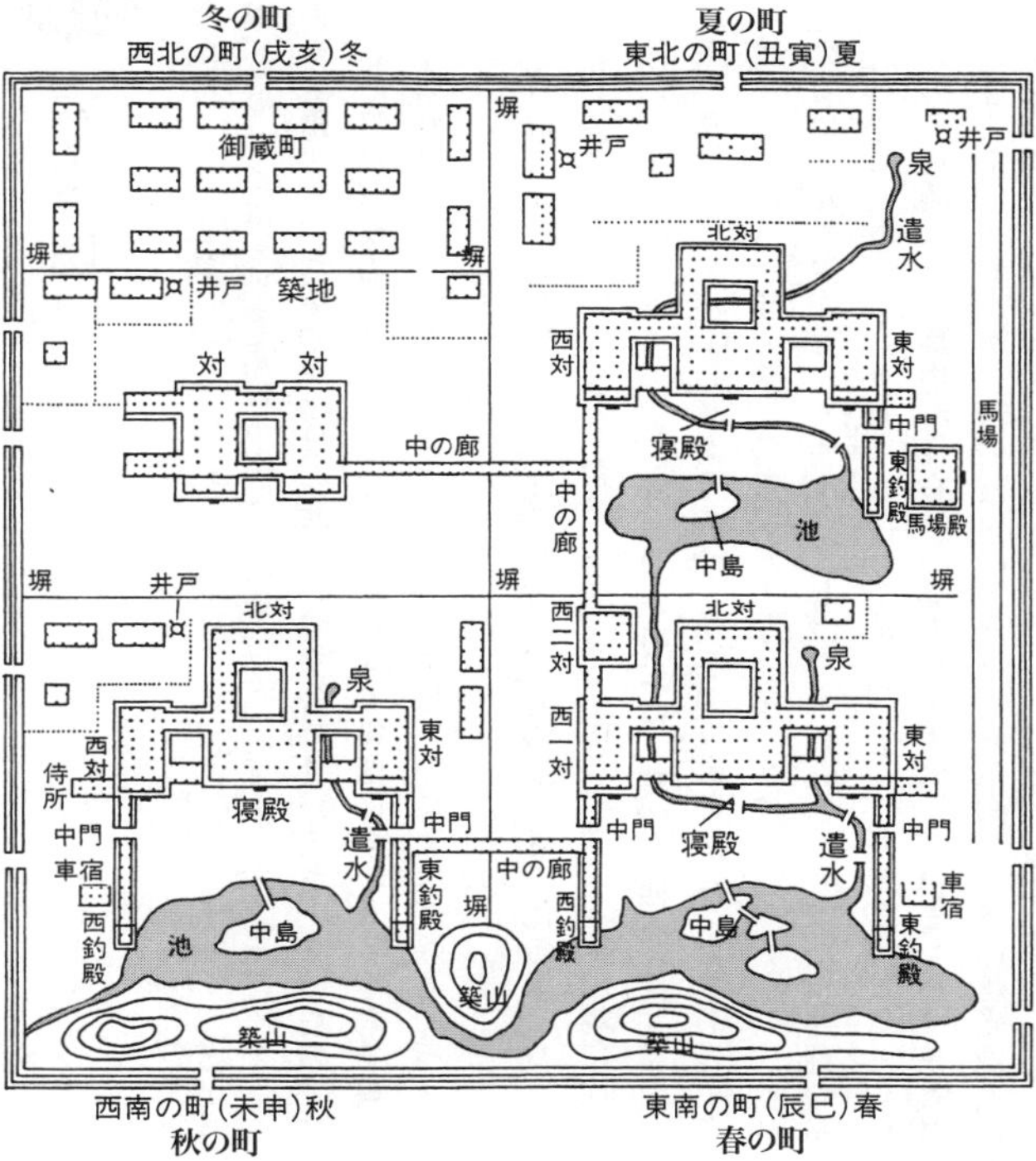

六条の院図（考証・作図：玉上琢彌）

コラム 18

六条の院

光源氏は、三十五歳の年の八月に、六条京極周辺に、四つの町の邸《やしき》を造営しました。「町」とは、平安京の市街区画の単位で、四十丈（約一二一メートル）四方の一区画です。六条の院には、四つの町を合わせた広さがあったのです。それぞれの町には女君たちが住んで、春夏秋冬の風情に合わせて趣向を凝らした庭が作られました。六条の院のそれぞれの町は、廊によって親しく行き来ができるようになっていました。

東南の町は、光源氏と紫の上が住んだ所で、庭には、春の花の木が多く植えられ、「春の町」ともいいます。紫の上は、光源氏とともに、東の対に住みました。後に、朱雀院《すざくいん》の女三の宮が降嫁した時には、寝殿の西側に住みました。同じ寝殿の東側は、紫の上の養女であった明石《あかし》の女御《にょうご》の里とされました。この町は、後々も、明石一族の繁栄の象徴ともなっています。

東北の町は、花散里《はなちるさと》が住んだ所で、涼しげな泉があり、庭には、呉竹《くれたけ》や高い木々を森のように繁らせ、花橘《はなたちばな》、撫子《なでしこ》などが植えられ、「夏の町」ともいいます。この町の東側には、馬場が作られ、春の町まで続いていました。花散里は東の対に住んでいましたが、西の対には、九州から下向した後に、光源氏の養女となった玉鬘《たまかずら》が住みました。光源氏亡き後は、夕霧が、夫柏木《かしわぎ》を亡くした落葉の宮をこの町に住まわせています。

西南の町は、庭を秋の野のように造って、築山に色あざやかに紅葉する木々が植えられ、「秋の町」ともいいます。ここは、秋好中宮《あきこのむちゅうぐう》が母六条の御息所から伝領した場所で、秋好中宮の里となりました。

西北の町は、庭に、冬の初めに朝霜が結んで美しくなる菊を植え、松の木を多く植え、「冬の町」ともいいます。明石の君が住みました。寝殿はなく、二つの対のまわりに廊が巡らされているだけの質素な住居で、北側には、築地を隔てて、蔵が建て並べられていました。

第二二

玉《たま》鬘《かずら》

六条の院に美女が！

主要登場人物の年齢

光源氏	35
紫の上	27
玉鬘	21

夕顔の遺児玉鬘は、乳母《めのと》たちに伴われて、乳母の夫である大宰少弐《だざいのしょうに》の任国の筑紫《つくし》の国《くに》に下り、そこで美しく成長していた。玉鬘は、すでに二十歳を過ぎていた。少弐が亡くなり、肥後《ひご》の国《くに》の豪族である※大夫監《たいふのげん》から執拗《しつよう》に求婚されたので、四月、乳母は、玉鬘や息子の豊後介《ぶんごのすけ》と娘の兵部《ひょうぶ》の君たちを連れて、京へと逃げ出した。

秋になって、玉鬘の一行が、石清水八幡宮《いわしみずはちまんぐう》を参詣《さんけい》した後に、奈良の長谷寺《はせでら》に参詣しようとして※椿市《つばいち》まで来たところ、夕顔の乳母子で、現在は紫の上の侍女となっている右近と出会った。後日、長谷寺から戻った右近は、光源氏に玉鬘を見つけたことを報告する。光源氏は、玉鬘との手紙のやり取りを通して確かめられたその資質に満

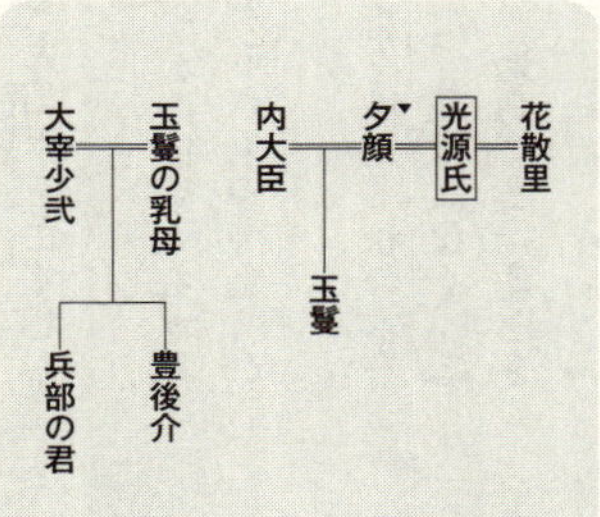

足して、養女として引き取ることにした。

十月、光源氏は、玉鬘を六条の院の夏の町に住まわせて、花散里《はなちるさと》を後見役とした。その夜、玉鬘と会った光源氏は、期待どおりの女君であったと安心する。

年の暮れ、光源氏は、六条の院や二条の東の院の女君たちのために新年の装束を調えて贈った。

玉鬘一行は、椿市で右近に出会い、夕顔の死を知らされて悲しんだ。

※**大夫監**　肥後の国の豪族。
※**椿市**　大和の国の三輪山麓の地名。初瀬に参詣する人が宿泊した。

コラム19 観音信仰

観音（観世音菩薩《かんぜおんぼさつ》）は、衆生《しゅじょう》を救うことで、古代から篤く信仰されていました。特に、平安時代の貴族の女性たちは、幸せな結婚や子宝に恵まれることなどを祈願して、京の清水寺《きよみずでら》、近江《おうみ》の国《くに》（現在の滋賀県）の石山寺《いしやまでら》、大和《やまと》の国《くに》（現在の奈良県）の長谷寺《はせでら》に、たびたび参詣していました。

九州から都に戻った玉鬘一行は、奇跡的に右近と巡り会うことができましたが、それは、観音の加護を願って、長谷寺に向かう途中の椿市《つばいち》でのことでした。観音が引き合わせたのでしょうか。また、「53手習」の巻では、横川《よかわ》の僧都《そうず》が救った浮舟を、妹尼が、亡き娘の代わりに長谷寺の観音が授けてくれたのだと信じて、大切に世話をしたことが語られています。

『源氏物語』には、長谷寺だけでなく、清水寺や石山寺も登場します。光源氏は、「16関屋」の巻で、任国から帰京して逢坂の関に入った常陸介一行に出会いますが、それは、光源氏が石山寺に願果たしの参詣をした折のことでした。

その他にも、『蜻蛉日記《かげろうにっき》』『枕草子』『大和物語』『更級日記《さらしなにっき》』など、多くの文学作品から、観音信仰が盛んだった様子がうかがえます。紫式部は、石山寺に参籠して『源氏物語』の着想を得たという伝承もあります。

第二三　初音《はつね》

新年のはなやぎ

主要登場人物の年齢

光源氏	36
紫の上	28
玉鬘	22
明石の姫君	8
明石の君	27
夕霧	15
朱雀院	39

六条の院は、初めての春を迎えた。光源氏と紫の上が住む春の町は、まるで極楽浄土のようであった。元日、光源氏は、六条の院の女君たちのもとを順に訪れ、新春を寿《ことほ》ぐ。夕方になって、明石《あかし》の君のもとに行き、その夜は泊まって、早朝、紫の上のもとに戻った。

正月二日、六条の院では、上達部《かんだちめ》や親王《みこ》たちを迎えて饗応《きょうおう》した。六条の院には、玉鬘を目当てに、若い君達《きんだち》が数多く参集した。

数日後、儀式が一段落したところで、光源氏は、二条の東の院に、末摘花《すえつむはな》や空蝉《うつせみ》を訪れた。

正月十四日、※男踏歌《おとこどうか》が催され、その一行が、朱雀院《すざくいん》から六条の院へと順に巡った。玉鬘も春の町を訪れて見物した。光源氏は、この機会に、六条の院の女君たちによ

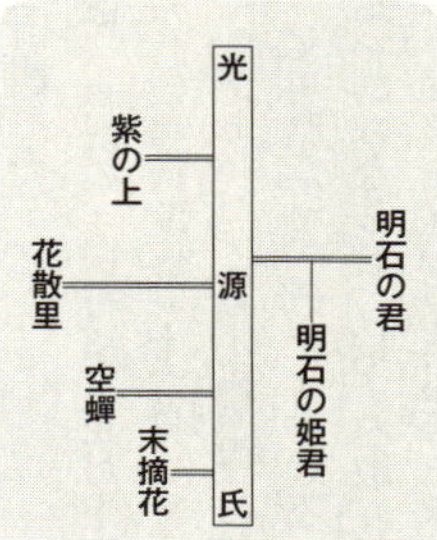

元日、明石の姫君のもとに明石の君から作り物の鶯などとともに歌が贈られた。

る女楽《おんながく》を計画した。

※**男踏歌**　正月の年中行事。正月十四日に行われた男踏歌と、十六日に行われた女踏歌があった。『源氏物語』の例は、すべて男踏歌で、殿上人や地下《じげ》の者が、足を踏みならして拍子を取り、「竹河」「万春楽《ばんすらく》」などの催馬楽《さいばら》を歌い舞った。宮中で行った後、貴人の邸を巡り、宮中に戻った。ただし、男踏歌は、天元《てんげん》六年（九八三）頃に廃絶されている。

コラム 20

正月の年中行事

一年の中で、特定の日に行われる儀式・行事を、年中行事といいます。なかでも、正月には、さまざまな年中行事が行われました。代表的なものをいくつか挙げてみましょう。

元日の朝、天皇が大極殿《だいごくでん》で拝賀を受ける儀式を、**朝拝《ちょうはい》**といいます。

二日には、中宮や春宮が拝賀を受けました。これを、**二宮大饗《にぐうだいきょう》**といいます。

また、正月には、大臣たちも、それぞれ、日を選んで人々を邸《やしき》に招いて**大臣大饗**を催しています。

元日からの三が日に、大根・鮎・猪・鹿などを食べる**歯固《はがた》め**が行われました。「歯」は「齢」に通じることから、長寿を願って行われたものです。

七日には、**白馬《あおうま》の節会《せちえ》**が行われました。天皇が、紫宸殿《ししんでん》で左右の馬寮《めりょう》の官人が引く青馬（白色と黒色の毛の入り混じった馬）を見る儀式です。青馬を見て一年の邪気を祓《はら》うという中国の信仰に基づくもので、村上天皇の頃から「白馬」と書くようになりました。紫宸殿での儀式の後、太皇太后《たいこうたいごう》・皇太后・皇后や、春宮、斎院の前にも馬を引き回しました。

正月の初めての子《ね》の日には、野外に出て、小松を引き（**小松引き**）、若菜を摘みました。松は長寿の象徴で、若菜は邪気を払うとされたものです。

正月十四日には**男踏歌**《おとことうか》、十六日には**女踏歌**が催されました。「踏歌」とは、足を踏みならして拍子を取って、歌を歌い、舞を舞うことで、もとは豊年繁栄を祈願して行われた中国の正月の年中行事でした。男踏歌は、清涼殿《せいりょうでん》の東庭《とうてい》の孫廂《まごびさし》で、天皇の前で、舞人が踏歌を行い、祝詞《のりと》を奏した後、京中の貴人たちの邸《やしき》を巡って披露しました。この途中、貴人たちの邸では、水駅《みずうまや》という休息場を設けて踏歌の人々を饗応《きょうおう》しました。女踏歌は、内教坊《ないきょうぼう》などから選ばれた妓女《ぎじょ》が紫宸殿《ししんでん》の南庭で踏歌を行いました。『源氏物語』には、男踏歌だけが描かれています。

十八日には、**賭弓《のりゆみ》の節会**が催されました。天皇が、弓場殿《ゆばどの》で、近衛府《このえふ》と兵衛《ひょうえ》府《ふ》の官人が左右に分かれて弓の技を競うのを見る儀式です。

二十一日から二十三日までの間に、天皇は、正月の公的行事に多忙であった人々をねぎらうために**内宴**《ないえん》を開きました。仁寿殿《じじゅうでん》で、詩歌や管絃の遊びを楽しんだものです。内宴は、一連の正月行事の区切りと見なされていました。

第二四
胡蝶《こちょう》
華やかな春の町

主要登場人物の年齢

光源氏	36
紫の上	28
玉鬘	22
秋好中宮	27
柏木	20(21)

三月下旬、六条の院の春の町で、光源氏は、舟楽《ふながく》を催し、上達部《かんだちめ》や親王《みこ》たちが訪れた。秋好中宮《あきこのむちゅうぐう》づきの侍女たちも招待され、夜を徹して宴が続いた。宴席には、玉鬘《たまかずら》に思いを寄せていた兵部卿《ひょうぶきょう》の宮（蛍の宮）や柏木《かしわぎ》たちもいた。この日は、秋好中宮の※春の御読経《みどきょう》の初日であった。紫の上から秋の町の中宮のもとに、御読経の供養のための花が届けられた。使いをしたのは、鳥の装束をした女童《めのわらわ》四人と、蝶の装束をした女童四人だった。

四月、光源氏は、玉鬘のもとに送られて来た恋文を一緒に見て、求婚者たちを批評した。紫の上は、光源氏の玉鬘への恋心を察して、光源氏をそれとなく皮肉った。光源氏は、玉鬘のもとへ渡り、恋心を訴えるが、玉鬘は、どのように対応していいか分からずに困惑す

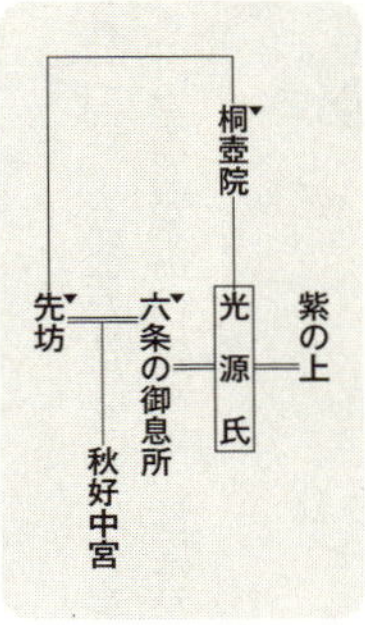

るだけであった。

※春の御読経　春秋二回、大般若経を読む法会を「季の御読経」という。宮中の年中行事だが、貴族の邸でも行われた。

光源氏は、六条の院の春の町で舟楽を催した。

鳥の舞（迦陵頻《かりょうびん》）

胡蝶

コラム 21

六条の院の舟楽

六条の院の春の御殿では、光源氏や紫の上たちが、過ぎ行く春を惜しむかのように、竜頭鷁首《りょうとうげきしゅ》の舟を池に浮かべて舟楽を楽しみました。

竜頭鷁首の舟とは、船首に竜の彫物をつけた竜頭の舟と、鷁という鳥の彫物をつけた鷁首の舟とで、二隻一対となっていました。この「胡蝶」の巻の場面で描かれている竜頭鷁首は、光源氏が新しく造らせたみごとな舟です。そこには、光源氏が雅楽寮からわざわざ召し寄せた楽人たちが乗っていました。栄華を誇る六条の院の春の御殿を舞台に、趣向を凝らし、贅を尽くしたはなやかな遊びが繰り広げられたのでした。

いつもは宮中にいる秋好中宮が、折から、六条の院の秋の御殿に滞在していました。身分上、気ままには振る舞えない中宮の代わりに、侍女たちが、秋の御殿の池から、舟で見物にやって来ました。侍女たちは、すっかり春の町の魅力に心を奪われてしまいました。夜を徹してのはなやかな楽の音が、秋の御殿にも流れたので、秋好中宮は、参加できないことを残念に思いました。「21少女」の巻から始まった紫の上と秋好中宮との春秋論は、この「胡蝶」の巻では、秋好中宮が春のすばらしさを称えて、秋の負けを認めたことになります。

第二五 蛍《ほたる》

蛍の光で美女を見る

主要登場人物の年齢

光源氏	36
紫の上	28
玉鬘	22

光源氏は太政大臣《だいじょうだいじん》という重い職にあり、女君たちも安定した生活を送っている。しかし、玉鬘《たまかずら》は光源氏の恋心に悩んでいた。光源氏は、亡き夕顔を偲びながら、魅力的な玉鬘に強く心惹《ひ》かれる。その一方、光源氏は、兵部卿の宮（蛍の宮）たちの恋心をあおろうとした。五月雨の夜、兵部卿の宮が玉鬘を訪れた際に、光源氏は、隠し持っていた蛍を、玉鬘がいる几帳《きちょう》※の内側にさりげなく放した。兵部卿の宮は、蛍の光でほのかに見えた玉鬘の美しさに心を奪われた。

五月五日、六条の院の馬場で騎射※が催された。その夜、光源氏は、花散里《はなちるさと》のもとに泊まった。

長雨が続くなかで、六条の院の女君たちは、もの思いを慰めようと物語に熱中する。光源氏は、玉鬘

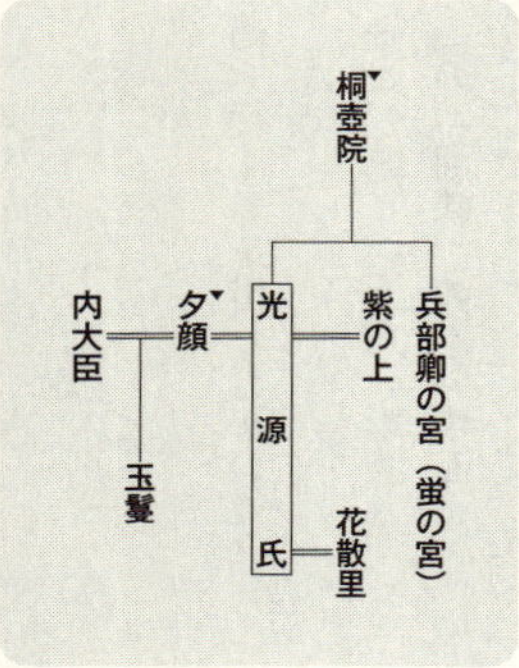

光源氏は、美しい玉鬘を兵部卿の宮に見せようとして蛍を放つ。

のもとで、歴史書などは人間の一面的なことしか書いていないが、物語は、道理にかない、人間の本性を書いているので、こちらのほうが優れていると語る。また、紫の上のもとを訪れて、物語について語り合い、明石の姫君に見せる物語にも配慮が必要だと話した。

一方、内大臣（頭《とう》の中将《ちゅうじょう》）は、玉鬘の噂《うわさ》を聞いて、夕顔の遺児のことを思い出し、この子の行方《ゆくえ》を息子たちに探させたり、自分が見た夢を占わせたりしていた。

※**几帳**　室内の障壁具。木の四角い台（土《つち》居《い》）に立てた二本の柱の上に渡した横木に、絹の布（帷子《かたびら》）を垂らしたもの。

※**騎射**　馬に乗って走らせながら弓を射る競技。

コラム22 蛍の光

光源氏は、蛍の光で、弟の兵部卿の宮に、玉鬘《たまかずら》を見せようとしました。このことで、兵部卿の宮は、蛍の宮と呼称されるようになったのです。

現在の私たちには、蛍の淡い光で、人の姿を見ることなどできるとは思われませんが、『源氏物語』以前の物語にもこのような趣向がありました。

『伊勢物語』では、源　至《みなもとのいたる》が、女車の中を覗《のぞ》こうとして、蛍を車の中に入れています。また、『うつほ物語』では、朱雀帝《すざくてい》が、参内した俊蔭《としかげ》の娘を、蛍の光で見ています。朱雀帝は、春宮時代に、俊蔭の娘に求婚しました。しかし、その思いはかなえられませんでした。後に、朱雀帝は、蛍の光で俊蔭の娘を見ることによって心を慰めたのでした。

『源氏物語』は、このような、それまでの物語を踏まえながら、みずから蛍の光で女性を見る趣向から、光源氏が兵部卿の宮に玉鬘を見せる趣向へと変えながら、新たな物語の場面を描いているのです。

第二六　常《とこ》夏《なつ》

引き取ってはみたものの

主要登場人物の年齢

光源氏	36
玉鬘	22
雲居雁	17
弘徽殿の女御	19
近江の君	年齢未詳

同じ年の夏の日、光源氏は、六条の院の春の町の※釣殿《つりどの》で、夕霧や内大臣（頭《とう》の中《ちゅう》将《じょう》）の息子たちと涼んでいた。その際、光源氏は、内大臣が引き取った近江《おうみ》の君の評判が散々であることを知って話題にして、内大臣に対する皮肉を言った。夕方、光源氏は、玉《たま》鬘《かずら》のもとを訪ねて、玉鬘に和琴《わごん》を教えながら、玉鬘への思いをどのように処理すべきかと思い悩む。

一方、内大臣も、娘雲居雁《くもいのかり》の処遇に苦慮していた。また、近江の君の処遇にも困って、弘徽《こき》殿《でん》の女御《にょうご》に託そうとしたが、近江の君は、和歌の嗜《たしな》みもなく、行動も発言もとっぴであり、貴

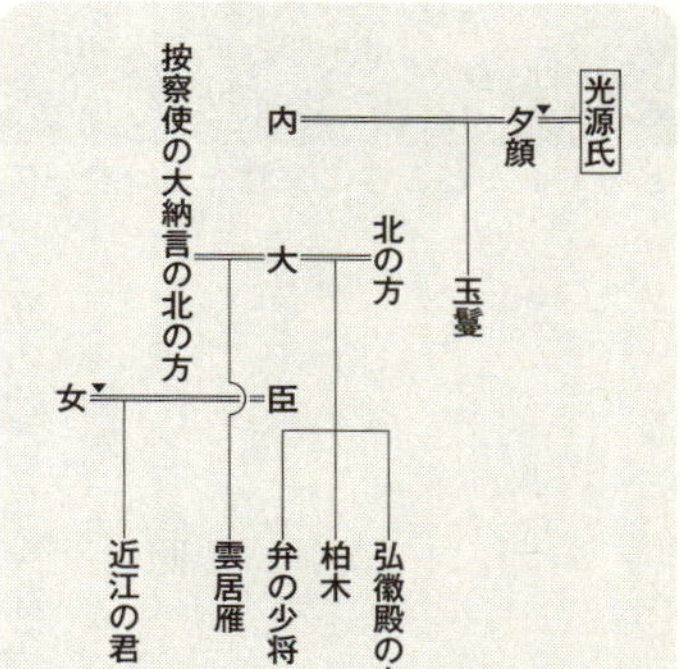

光源氏が、春の町の釣殿で涼をとっていたところに夕霧たちがやってくる。

族の娘らしくなかった。

※釣殿　コラム23（91ページ）参照。

コラム 23

釣殿

平安時代の貴族の邸《やしき》には、南の庭に遣水《やりみず》によって水を引き入れた池が作られ、その池に臨んで、釣殿という建物が建てられました。この釣殿では、文字どおり釣りをしたり、夏の暑い日に池の水を渡る風に吹かれながら納涼の宴を催したりしました。

釣殿は、寝殿の東西にある対《たい》から南に延びた中門廊《ちゅうもんろう》の先に作られることが多かったようです。「常夏」の巻の釣殿も、「東の釣殿」とありますから、東の対から延びた中門廊の先に建てられたものです。

釣殿が南の池の中島に建てられた例もあります。『うつほ物語』の源正頼《まさより》の邸の釣殿は、中島の上に池に臨んで建てられていて、そこに行くためには、池に並べた筏《いかだ》や舟の上に板を渡した浮橋《うきはし》を歩いて渡ったり、舟を漕いで渡ったりしました。

歴史上では、藤原頼通《よりみち》の邸である高陽《かや》の院でも、南の池の中島に釣殿が建てられたことが知られています。これは、『うつほ物語』の例に倣《なら》ったものとも考えられています。

第二七 篝《かがり》火《び》

もてすぎ玉鬘

主要登場人物の年齢	
光源氏	36
玉鬘	22
柏木	20(21)

光源氏は、自分の娘なのに近江《おうみ》の君を悪く言う内大臣（頭《とう》の中将《ちゅうじょう》）を批判する。玉《たま》鬘《かずら》も、内大臣の近江の君への対応とは違う、光源氏の自分への心遣いを知り、次第に、光源氏に親しみを感じてゆく。

秋になり、光源氏は、夏の町の西の対にいる玉鬘のもとに渡り、玉鬘と添い臥すが、それ以上の行動に出ることはない。光源氏は、玉鬘の姿を見ながら篝火に事寄せて恋心を訴えたので玉鬘は困惑した。光源氏が帰ろうとすると、東の対から夕霧と柏木《かしわぎ》の合奏の音が聞こえてきた。光源氏は、夕霧たちを西の対に誘って楽器の演奏をさせる。玉鬘が姉だとは知らない柏木は、玉鬘への恋心に苦しみながら和琴《わごん》を弾いた。

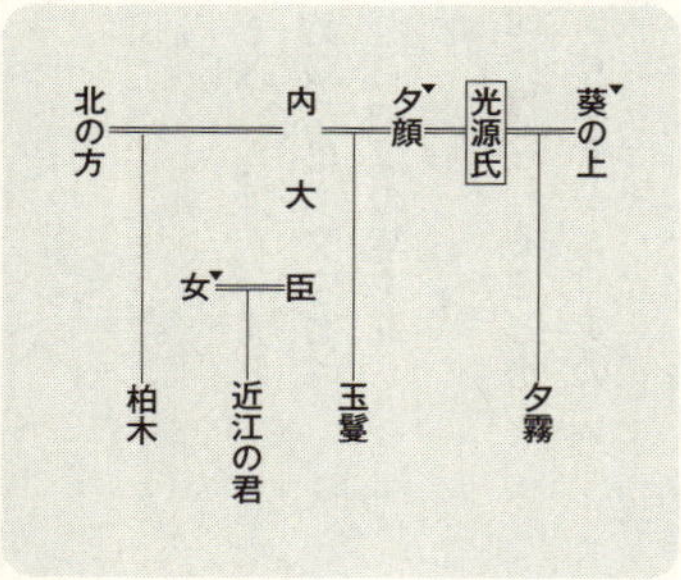

光源氏、玉鬘のもとを訪れる。池の上には篝火が吊られている。

※**和琴**　コラム30（118ページ）参照。

第二八 野《の》分《わき》 嵐のあと

八月、暴風雨が激しく六条の院を襲った。夕霧は、暴風雨の見舞いに六条の院を訪れた際に、紫の上を垣間《かいま》見《み》て、心をときめかせた。

その日、夕霧は、三条の宮に祖母大宮を見舞い、翌日、再び六条の院を訪れ、光源氏と紫の上との仲むつまじい会話を聞く。光源氏は、秋好中宮《あきこのむちゅうぐう》への見舞いとして夕霧を遣した。

光源氏は、中宮のもとから戻っ

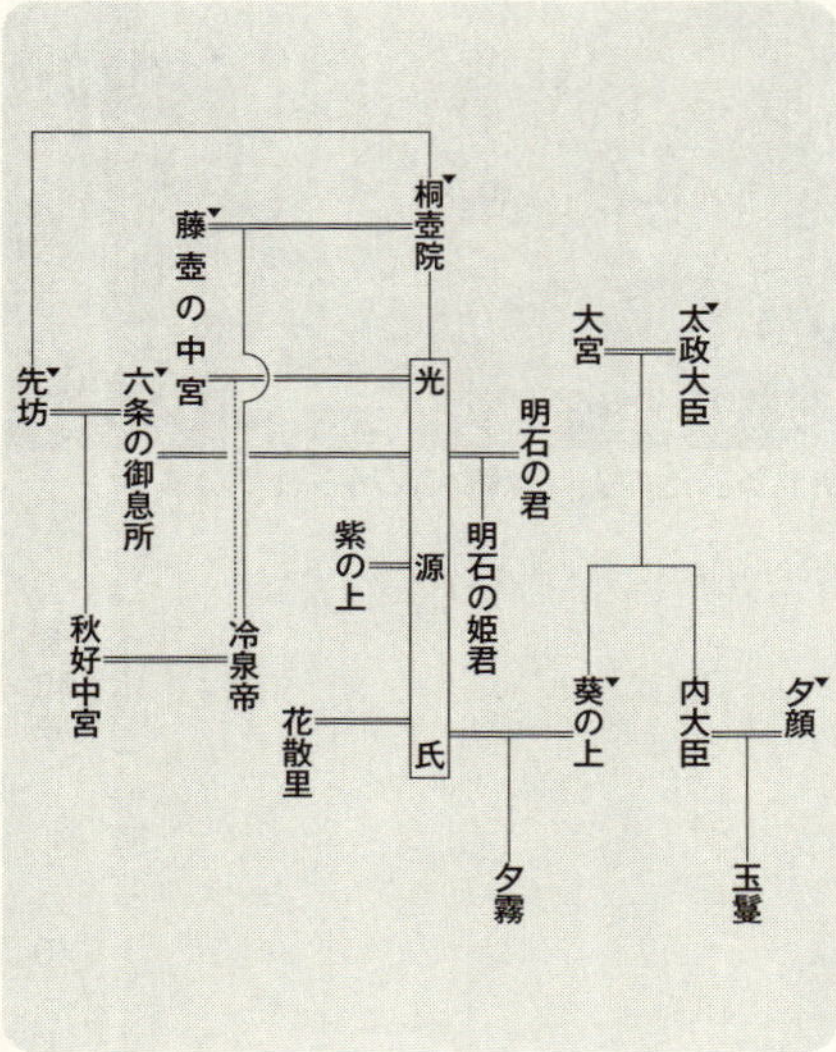

主要登場人物の年齢

光源氏	36
紫の上	28
玉鬘	22
秋好中宮	27
明石の君	27
夕霧	15

夕霧が秋好中宮のもとに見舞いに行くと、女童が庭に下りて虫籠に露を移していた。

て来た夕霧を伴って、秋好中宮、明石の君、玉鬘、花散里たちのもとへ、暴風雨の見舞いに渡った。玉鬘のもとを訪れた際に、夕霧は、まるで恋人同士であるかのように振る舞う光源氏と玉鬘の様子を見て、いぶかしく思った。

コラム
24

野分のおかげ

突然の野分（秋の暴風雨）が、例年になく激しい勢いで六条の院を吹き荒れた時、夕霧は、紫の上、玉鬘、明石の姫君の姿を、偶然に垣間見しました。

まず、野分が吹き荒れた夕べ、春の御殿に参上した夕霧は、紫の上を垣間見して、春の曙《あけぼの》の霞の間からみごとな樺桜《かばざくら》の花が咲き乱れているような風情だと思いました。そして、その美しさにすっかり魅せられてしまいました。

翌日、女君たちを見舞って回る光源氏のお供をした夕霧は、今度は、玉鬘の美しい顔を垣間見して、咲き乱れる八重山吹の花に露がかかって夕日に照らされている様子を思い浮かべました。また、夕霧は、明石の姫君を垣間見して、可憐だと思い、風に靡《なび》く藤の花を思い浮かべました。

夕霧は、特に、紫の上の美しさに魅了されて、大いに心を乱しました。けれども、真面目な夕霧が、恋の過ちを犯すようなことはありませんでした。

夕霧がこれらの女性たちの姿を垣間見することができたのは、激しい野分に襲われたために御簾が風に吹き上げられたり、屏風のような視線を遮《さえぎ》る物を片づけたりするなどしたためでした。

第二九　行幸《みゆき》　月とスッポン、二人の姫君

主要登場人物の年齢

光源氏	36〜37
紫の上	28〜29
玉鬘	22〜23
夕霧	15〜16
冷泉帝	18〜19
弘徽殿の女御	19〜20
鬚黒	31(32)〜32(33)

十二月に、冷泉帝《れいぜいてい》が大原野に行幸した。玉鬘《たまかずら》は、美しい冷泉帝を見て感嘆するが、初めて見た実父内大臣（頭《とう》の中将《ちゅうじょう》）のことはそれほどとは思わず、求婚者の一人である鬚黒《ひげくろ》には心惹《ひ》かれなかった。光源氏は、帝から要請されて、玉鬘を尚侍《ないしのかみ》として出仕させることを決めた。

翌年の二月に玉鬘に裳着《※もぎ》をさせようと思った光源氏は、内大臣に、玉鬘が内大臣の娘であることをうち明けて、その腰結役《※こしゆい》を依頼した。

翌年の二月十六日、六条の院で、玉

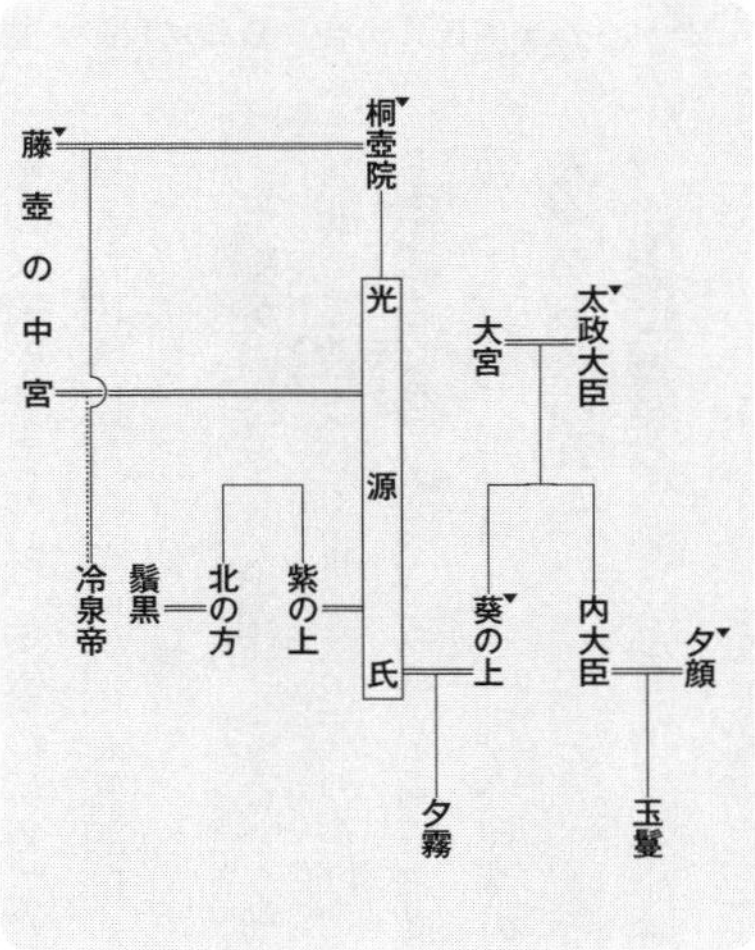

冷泉帝の大原野行幸に参加しなかった光源氏に、帝から枝に付けた雉が贈られた。

鬘の裳着が催された。玉鬘に初めて対面した内大臣は、その処遇を光源氏に託す。

玉鬘が尚侍として出仕するという噂《うわさ》を聞いて羨《うらや》ましく思った近江の君は、弘徽殿《こきでん》の女御《にょうご》の前で、自分を尚侍に推薦してほしいと言って、内大臣家の人々から笑われた。

※裳着・腰結役　コラム25（99ページ）参照。

コラム 25

成人儀礼

男子の成人儀礼を「元服」、女子の成人儀礼を「裳着《もぎ》」といいます。元服は、男子が成人したしるしとして初めて冠をつける儀式で、「初冠《ういこうぶり》」ともいいました。光源氏は十二歳（「1桐壺」の巻）、冷泉帝は十一歳（「14澪標」の巻）、夕霧は十二歳（「21少女」の巻）、匂宮と薫は、それぞれ、十五歳と十四歳（「42匂兵部卿」の巻）で元服しています。

裳着は、女子が成人したしるしとして初めて裳を着ける儀式です。おおよそ、十二歳から十四歳頃に行われました。もともと、女子の初潮の齢と関連していると考えられ、これによって結婚の資格を得たことを意味し、結婚相手が決まった時などに行われることが多かったようです。裳の腰を結ぶ腰結《こしゆい》の役は、最も重要な役で、事前に有徳の人を選んで依頼しておきました。朱雀院の女三の宮の裳着は十三歳の時で、太政大臣《だいじょうだいじん》（頭の中将）を腰結《こしゆい》役にして盛大に行われています（「34若菜上」の巻）。今上帝《きんじょうてい》の女二の宮の裳着は十六歳の時で、その直後に、薫に降嫁しています（「49宿木」の巻）。光源氏に引き取られて育てられていた紫の上が新枕《にいまくら》の後に裳着をしたり（「9葵」の巻）、遠く九州で育った玉鬘《たまかずら》が二十三歳で裳着をしたり（「行幸」の巻）しているのは例外です。

第三十 藤袴《ふじばかま》

玉鬘、さらにモテモテ！

主要登場人物の年齢

光源氏	37
玉鬘	23
夕霧	16
柏木	21(22)
髭黒	32(33)

玉鬘《たまかずら》は、秋好中宮《あきこのむちゅうぐう》や弘徽殿《こきでん》の女御がいる宮中に、尚侍《ないしのかみ》として出仕して、帝の寵愛《ちょうあい》を女御たちと争うようになることを、思い悩んでいた。

夕霧は、光源氏の使者として、冷泉帝からの尚侍として早く出仕するようにと促す言葉を伝えるために、玉鬘のもとを訪れた。玉鬘は、三月に亡くなった祖母大宮のためにまだ喪《も》※に服していた。夕霧

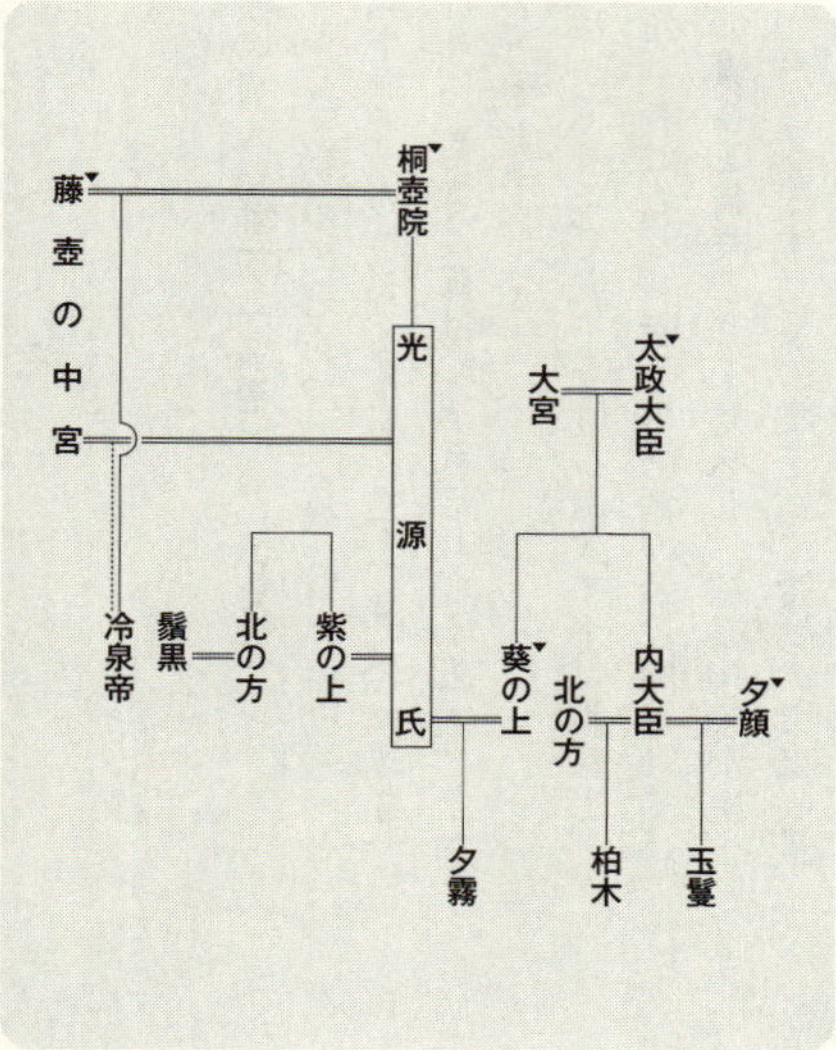

は、藤袴《ふじばかま》の花を御簾《みす》のもとからさし入れて、玉鬘への思いを歌で訴えた。八月に大宮の喪が明けて、玉鬘の尚侍としての出仕は、十月と決まった。それを知った求婚者たちは、玉鬘に手が届かなくなると思って焦る。

九月、求婚者たちは、玉鬘に手紙を送るが、玉鬘は、蛍の宮以外の人々に返事をすることはなかった。

※**喪**　死者を追悼して、一定期間身を慎むこと。喪の期間は、母方の祖父母の場合は三か月、父方の祖父母の場合は五か月だった。大宮は、夕霧にとっては母方の、玉鬘にとっては父方の祖母にあたる。

夕霧は、喪に服している玉鬘の許を訪れ、藤袴をさし入れて、思いを伝えた。

コラム 26 尚侍《ないしのかみ》は微妙な立場

尚侍は、後宮の重要な役所である内侍の司の長官です。尚侍は、天皇のそば近くに仕えて天皇への取り次ぎなどをするので、寵愛を受ける機会が多くなり、女御や更衣のような妃《きさき》に準じる立場となることもありました。

玉鬘が尚侍になると決まった時には、冷泉帝《れいぜいてい》の寵愛《ちょうあい》を受ける可能性もあったのですが、任じられる前に、鬚黒《ひげくろ》と望まない結婚をすることになってしまいました。しかし、本来の尚侍としての仕事をするのであれば既婚者でもかまわないので、予定通りに尚侍となりました。その後、娘（内裏《うち》の君）に譲るまで、玉鬘は尚侍の地位にとどまっていました。

また、朧月夜は、御匣殿《みくしげどの》の別当（長官）として後宮に入り、後に尚侍になりました。この御匣殿も、天皇の装束を縫製する仕事などをつかさどる後宮の役所です。天皇のそばに仕えるので、寵愛を得て、尚侍と同じように妃に準じる立場になることもありました。右大臣は、朧月夜を女御として朱雀帝のもとに入内させたかったのですが、光源氏とのことがあって、それをあきらめました。しかし、朧月夜は、御匣殿の別当や尚侍の地位を得て、朱雀帝の寵愛を受けたのでした。

第三一 真《ま》木柱《きばしら》

好きでもないのに

主要登場人物の年齢

光源氏	37〜38
玉鬘	23〜24
鬚黒	32(33)〜33(34)
真木柱	12(13)〜13(14)
式部卿の宮	52〜53
冷泉帝	19〜20

多くの求婚者たちを押し退《の》けて、玉鬘と結婚したのは、意外にも鬚《ひげ》黒《くろ》だった。このことを、光源氏も、冷泉帝《れいぜいてい》も残念に思う。鬚黒にはすでに北の方がいて、夫が玉鬘と結婚したことを嘆き悲しんだ。

十一月に入って、玉鬘は、好きでもない鬚黒と結婚してふさぎ込んでいた。一方、鬚黒は、玉鬘を迎えるために、邸《やしき》を改築し、調度類を調えてゆく。

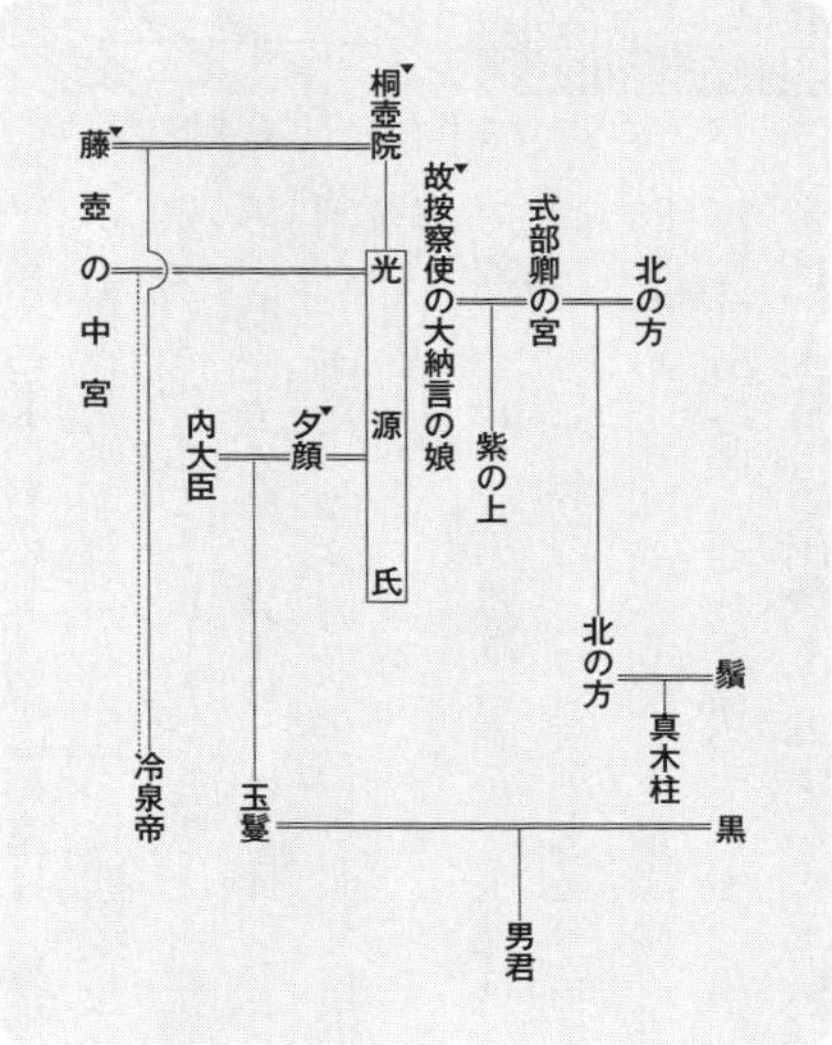

真木柱は、邸を離れるに際して、柱のひび割れた部分に歌を押し入れた。

鬚黒の北の方の父式部卿《しきぶきょう》の宮は、鬚黒が玉鬘と結婚したことを知って激怒して、娘を引き取ることにした。母とともに鬚黒の邸を去る娘（真木柱）は、柱のひび割れた所に、嘆きの歌を書き記した紙を押し入れた。

翌年の正月、男踏歌《※おとこどうか》の頃に、玉鬘は、尚侍《ないしのかみ》として参内した。帝が玉鬘の局《つぼね》を訪れたことを知って心配した鬚黒は、玉鬘を強引に邸へ連れて帰ってしまった。帝は、玉鬘の退出後も、ひそかに玉鬘のもとに手紙を送った。

十一月、玉鬘は、鬚黒との間の男君を生んだ。

※**男踏歌**　「23初音」の巻の注（80ページ）参照。

第三二　梅枝《うめがえ》

明石の姫君、成人する

主要登場人物の年齢

光源氏	39
紫の上	31
春宮（今上帝）	13
明石の姫君	11
夕霧	18
雲居雁	20

翌年の正月の下旬、光源氏は、六条の院で※薫物合《たきものあわせ》を計画し、女君たちに名香《みょうごう》を配って調合を依頼した。

二月十日、折から六条の院を訪れていた蛍の宮を判者として、薫物合が催された。

薫物合の翌日、明石の姫君の裳着《もぎ》が催され、秋好中宮《あきこのむちゅうぐう》が※腰結《こしゆい》役を務めた。

二月二十日過ぎ、春宮（後の、今上《きんじょう》帝《てい》）が元服した。明石の姫君の春宮への入内は、四月に決まった。光源氏は、その準備として、調度のほかに、さま

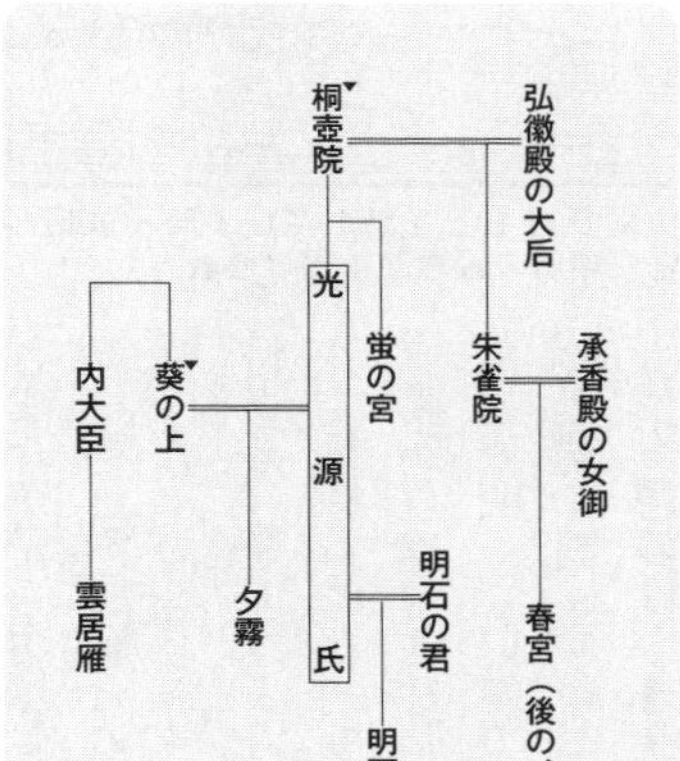

蛍の宮が光源氏のもとを訪れている時、依頼していた薫物が朝顔の姫君から届けられた。

ざまな草子も用意した。
　夕霧と雲居雁《くもいのかり》との結婚に反対していた内大臣（頭《とう》の中《ちゅう》将《じょう》）も、今では二人の結婚を許す気持ちになっていたが、夕霧からはっきりした結婚の意思表明もないので、雲居雁の処遇に悩んでいた。光源氏も、夕霧のはっきりしない態度を諫《いさ》めた。夕霧にはほかにも縁談の話があり、それを知った雲居雁は嘆いた。

※薫物合　コラム27（107ページ）参照。
※腰結役　コラム25（99ページ）参照。

コラム 27

薫物《たきもの》

さまざまな香木《こうぼく》を粉に挽《ひ》いて調合して、蜂蜜や甘葛《あまずら》などで練り合わせたものを、薫物といいます。その際に用いられた香木は、沈香《じんこう》、丁字《ちょうじ》、龍脳《りゅうのう》、白檀《びゃくだん》など、貴重な輸入品でした。

この薫物を薫《た》いて、室内をその香りで香らせたり、衣服をその香りで薫きしめたりすることは、人々の品格や教養の高さを表すものでした。同じ薫物であっても、家それぞれの調合法があり、それを秘密にしたのです。

薫物のなかでも、梅花《ばいか》・荷葉《かよう》・菊花《きっか》・落葉《らくよう》・黒方《くろぼう》・侍従《じじゅう》は、「六種《むくさ》の薫物」として、特に珍重されたものです。これらは、季節による定めがあり、たとえば、梅花は春、荷葉は夏の薫物で、「梅枝」の巻の薫物合《たきものあわせ》では、春の町に住む紫の上が梅花を、夏の町に住む花散里《はなちるさと》が荷葉を調合しています。

一方、明石《あかし》の君は、薫衣香《くのえこう》という薫物を調合しました。これは季節に関わりなく衣に薫きしめるための物です。このように、六条の院の他の女君たちとは違った発想をするところに、明石の君の人柄を読み取ることもできるのです。

第三三 藤裏葉《ふじのうらば》

光源氏、最高の栄華

主要登場人物の年齢	
光源氏	39
紫の上	31
夕霧	18
雲居雁	20
春宮（今上帝）	13
明石の姫君（明石の女御）	11
明石の君	30
冷泉帝	21
朱雀院	42

同じ年の三月二十日、大宮の三回忌が催された際に、内大臣（頭《とう》の中将《ちゅうじょう》）は、夕霧に親しく語りかけた。

四月の七日、内大臣は、藤花の宴を催して、夕霧を招待した。夕霧は、光源氏の勧めもあって藤花の宴に出席し、その日に、雲居雁《くもいのかり》と結ばれた。

四月二十日過ぎ、明石の姫君が春宮（後の、今上帝《きんじょうてい》）のもとに入内した。その際、紫の上がつき添って、三日間過ごした後に退出した。入れ替わりに明

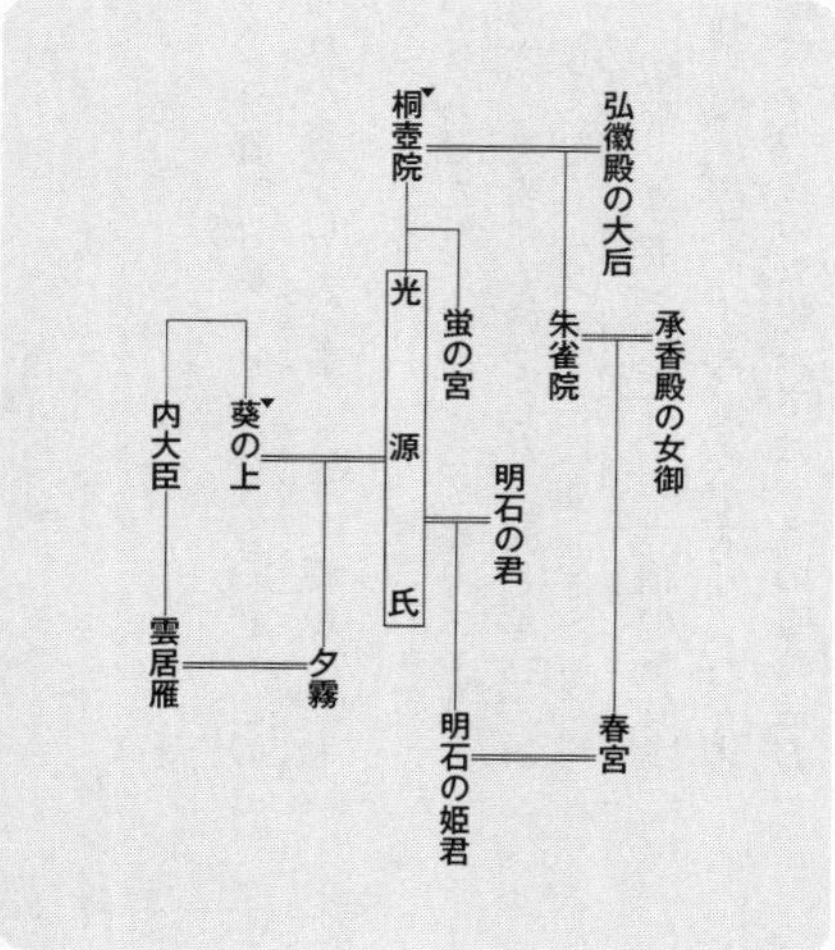

石の君が後見役として参内した。その時、紫の上と明石の君は初めて対面した。

光源氏は、明石の姫君が春宮のもとに入内したことで、前から懐いていた出家の心ざしを遂げようと思った。一方、冷泉帝《れいぜいてい》たちは、翌年に迫った光源氏の※四十《しじゅう》の賀《が》の準備を進めていた。

夕霧は、内大臣から藤花の宴に招かれ、雲居雁との結婚を許された。

秋、光源氏は※太上天皇《だいじょうてんのう》に准《じゅん》ずる位を得て、内大臣は太政大臣《だいじょうだいじん》に、夕霧は中納言に、それぞれ昇進した。

結婚した夕霧と雲居雁は、故大宮が住んでいた三条殿に移った。

十月二十日過ぎに、冷泉帝が、朱《す》雀院《ざくいん》とともに六条の院に行幸して、盛大な宴が催された。

※四十の賀　四十歳になった時にする、長寿を祝い、さらなる長寿を祈って行う儀式。以下、十年ごとに賀の儀式が催された。

※太上天皇　コラム28（110ページ）参照。

コラム28 太上《だいじょう》天皇

「太上天皇」（上皇）とは、位を退いた天皇の呼称です。本来、天皇にならなかった光源氏が太上天皇になることはできません。そこで、冷泉帝は、実父である光源氏が太上天皇に準ずる待遇を受けられるようにしたのでした。

律令制度では、「准太上天皇」という位や称号はありません。ただし、歴史上、天皇にはならずに太上天皇に準ずる待遇を受けた例があります。寛仁《かんにん》元年（一〇一七）、後一条天皇の春宮だった敦明《あつあきら》親王（三条天皇の第一皇子）は、春宮の地位を退いた後に、小一条院という院号を与えられて、太上天皇に準ずる待遇を受けました。敦明親王が一度就《つ》いた春宮を辞退したのは、後一条天皇の弟である敦良《あつなが》親王を春宮にしたいとする藤原道長の意向によるものでした。

女性の場合では、円融天皇の女御で一条天皇の生母藤原詮子《せんし》が、一条天皇が即位すると皇太后となりましたが、円融天皇が亡くなった後、出家した正暦《しょうりゃく》二年（九九一）に、太上天皇に准じられて東三条院と呼ばれた例があります。『源氏物語』では、「14澪標」の巻で、朱雀帝《すざくてい》が冷泉帝《れいぜいてい》に位を譲った際に、出家した藤壺の中宮が、皇太后の位に就くことができなかったため、太上天皇に準ずる待遇を受けています。

第三四　若菜上《わかなじょう》

光源氏、下り坂へ

主要登場人物の年齢

光源氏	39〜41
紫の上	31〜33
玉鬘	25〜27
朱雀院	42〜44
女三の宮	13(14)〜15(16)
冷泉帝	21〜23
秋好中宮	30〜32
明石の女御	11〜13
夕霧	18〜20
柏木	23(24)〜25(26)

同じ年の冬、朱雀院《すざくいん》は、出家の準備を始めるが、母を亡くした女三の宮のことが気がかりだった。院は、女三の宮にしっかりとした婿がほしいと思い、その候補として夕霧を考えていた。しかし、女三の宮の乳母《めのと》たちは、光源氏を推薦する。ほかにも、柏木《かしわぎ》をはじめとして、女三の宮の婿となることを望む人々がたくさんいた。朱雀院は、婿選びに苦慮を重ねたが、女三の宮を光源氏に託そうと決めた。光源氏は、最愛の妻である紫の上が傷つくのではないかと悩みながらも、女三の宮が藤壺の中宮の姪《めい》であることに惹《ひ》かれて、院の申し出でを受け入れた。朱雀院は、安心して出家した。

翌年の正月、光源氏の※四十《しじゅう》の賀《が》を玉鬘《たまかずら》が主催した。

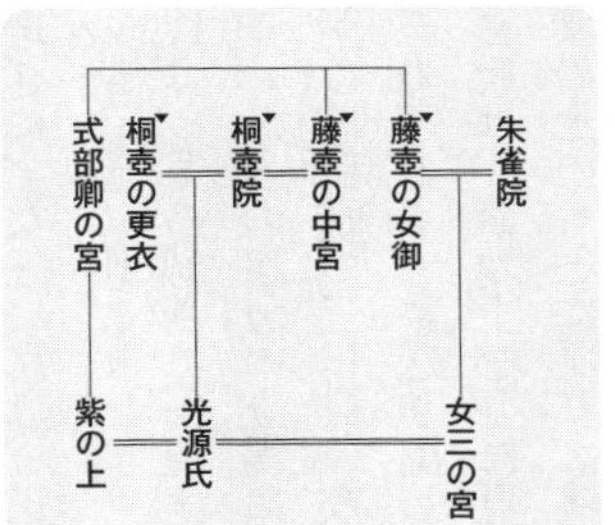

六条の院の春の町の庭で蹴鞠が催された。女三の宮がその様子を御簾越しに見ている時、猫が御簾の端を引き上げた。

二月十日過ぎに、女三の宮は、正妻として六条の院の春の町に入った。しかし、光源氏は、その幼さに失望する。紫の上は、これからの自分の立場に不安を感じながら、新婚の三日目の夜も、光源氏を女三の宮のもとに送り出した。その夜、光源氏は、紫の上を夢に見て、暁に急いで紫の上のもとに戻り、終日慰めた。

夏、明石《あかし》の女御《にょうご》が懐妊して六条の院の春の町へ里下がりをした。寝殿の東側は明石の女御の、西側は女三の宮の居処となった。東の対に住む紫の上が、明石の女御に会いに行くついでに、女三の宮のもとを訪れて対面した。以後、紫の上と女三の宮は手紙を交わし、親しくなっていく。

十月には紫の上が、十二月の末には、秋好中宮《あきこのむちゅうぐう》と、冷泉帝《れいぜいてい》の命をうけた夕霧が、光源氏の四十の賀を相次いで主催した。

次の年、三月十日過ぎ、明石の女御が第一皇子を生んだ。ここに、願いのかなった明石の入道は、山に籠《こも》って行方《ゆくえ》を絶った。

三月末、六条の院で蹴鞠《けまり》が催された際、柏木は女三の宮を垣間見《かいまみ》た。女三の宮の愛玩する猫に結びつけられた綱によって、女三の宮の部屋の御簾《みす》の端が高く引きあげられたからである。柏木は、女三の宮の姿を見て心を奪われてしまった。その後、柏木は、女三の宮の乳母子《めのとご》の小侍従《こじじゅう》を介して、宮に手紙を送り、思いを訴えてゆく。

※四十の賀　コラム29（114ページ）参照。

コラム29

光源氏の老い

長寿を祝い、さらなる長寿を祈って行う儀式を、賀（算賀）といいます。

現在は、一般的には六十歳になった時に還暦の祝いをしますが、昔は、長寿の始まりを四十歳とし、四十の賀、五十の賀のように、十年ごとに賀宴が催されました。

「33藤裏葉」の巻の最後に、十月二十日過ぎに冷泉帝が朱雀院とともに六条院に行幸したことが語られています。当帝と先帝の二人の帝を自邸に迎えるというこのうえない光栄に浴したことで、光源氏は栄華の絶頂を極めたことになります。年が明けると、光源氏も四十歳を迎えることになります。光源氏にとって、老いが確実に忍び寄ってきていたのです。

光源氏が朱雀院の女三の宮と結婚したのは、「若菜上」の巻で、玉鬘主催の四十の賀が催された後のことです。この時、女三の宮は十四歳か十五歳でした。光源氏の娘である明石の女御が十二歳ですから、光源氏と女三の宮は親子ほどの年齢の差があります。「紫のゆかり」（コラム5〈27ページ〉参照）を求めての結婚でしたが、すでに老境に入った光源氏の結婚は、物語のなかにさまざまな波紋を投ずることになるのです。

第三五　若《わか》菜《な》下《げ》

光源氏、妻を盗《と》られる

主要登場人物の年齢

光源氏	41〜47
紫の上	33〜39
玉鬘	27〜33
朱雀院	44〜50
女三の宮	15(16)〜21(22)
冷泉帝(冷泉院)	23〜29
秋好中宮	32〜38
春宮(今上帝)	15〜21
明石の女御	13〜19
明石の君	32〜38
夕霧	20〜26
柏木	25(26)〜31(32)
落葉の宮	年齢未詳
匂宮	誕生

柏木《かしわぎ》は、女三の宮への思いが募り、宮がかわいがっている唐猫《からねこ》を手に入れて、宮の身代わりとして愛玩《あいがん》する。

その頃、蛍の宮は真木柱と結婚した。

それから、五年の年月が経過した。冷泉帝《れいぜいてい》は在位十八年で譲位して、春宮《とうぐう》（後の、今上帝《きんじょうてい》）が即位した。明石の女御が生んだ第一皇子が、次の春宮になった。太政大臣《だいじょうだいじん》（頭《とう》の中将《ちゅうじょう》）は職を辞し、鬚黒《ひげくろ》が右大臣となって政権を担当した。そんななかで、紫の上は出家の望みを光源氏に訴えるが、許されなかった。

十月二十日、光源氏は、願ほどきのために、住吉に参詣《さんけい》した。

その頃、朱雀院《すざくいん》から、女三の宮と対面したいとの意向が伝えられ、光源氏は、院の五十《ごじゅう》の賀《が》で二人を会わせる計画を立てた。

翌年、光源氏は、朱雀院の五十の賀を二月と定めて、正月二十日過ぎに、六条の院

六条の院の春の町で、女楽が催された。

の春の町で、※試楽《しがく》として、女三の宮の琴《きん》、明石の女御の箏《しょう》、紫の上の和琴《わごん》、明石の君の琵琶《びわ》による女君だけの管絃の遊び（女楽）を催した。その日、光源氏は、紫の上に、これまでの人生を顧みて、しみじみと語った。光源氏は、今年、紫の上が厄年の※三十七歳になるので体に注意するようにと語った。その翌日、紫の上がにわかに発病し、五十の賀は延期された。

三月、光源氏は、紫の上を病気療養のために二条の院に移した。

柏木は、女二の宮（落葉の宮）と結婚したが、女三の宮をあきらめることができなかった。四月十日過ぎ、光源氏の留守中に、柏木は女三の宮のもとに忍び入り、宮と強引に契りを結んだ。二人は、光源氏を恐れ、罪の意識にさいなまれる。

※賀茂の祭の日、紫の上は、一時息が絶えたが蘇生《そせい》する。その時、六条の御息所《みやすどころ》の死霊が現れた。光源氏は、紫の上の病が小康を得たので六条の院に戻り、女三の宮の懐妊を知り、いぶかしく思う。その翌朝、光源氏は、柏木からの女三の宮への手紙を発見して二人の密通の事実を知り、かつての藤壺の中宮とのことを思い出して煩悶《はんもん》する。

十二月、明石の女御は、三の宮（匂宮《におうみや》）を生んだ。

十二月中旬、六条の院で催された朱雀院の五十の賀の試楽の日、光源氏は柏木を呼び出して皮肉を言う。柏木は、逃げるように自邸に戻り、そのまま病に臥した。

十二月二十五日、朱雀院の五十の賀が、柏木不在のまま催された。

※**試楽**　行幸や賀宴などで行われる舞楽の予行演習。

※**三十七歳**　紫の上の年齢は、「5若紫」の巻の年齢を基準として、光源氏と八歳違いとされている。それによると、この時、紫の上は三十九歳になるはずである。

※**賀茂の祭**　上賀茂神社（賀茂別雷《かものわけいかずち》神社）と下鴨神社（賀茂御祖《みおや》神社）の例祭。四月の中の酉《とり》の日に行われた。

コラム30 女楽で弾かれた琴

六条の院で行われた、朱雀院の五十の賀のための試楽の際に演奏された琴について、簡単に説明しましょう。

女三の宮が弾いた琴《きん》（琴《きん》の琴《こと》）は、中国から伝来した琴で、七絃で、琴柱《ことじ》がありません。琴柱がない代わりに、徽《き》という十三の目印に左手で絃を押さえ、右手の指で弾《はじ》くように弾《ひ》きました。

明石の女御が弾いた箏《しょう》（箏の琴）も、中国から伝来した琴ですが、十三絃で、琴柱があります。琴柱を立てて左手で絃を押さえ、右手にはめた爪で絃を弾《はじ》きながら弾きました。

紫の上が弾いた和琴《わごん》は、わが国固有の琴で、「東琴《あずまごと》」「大和琴《やまとごと》」ともいいます。六絃で、右手に持った琴軋《ことさき》という撥《ばち》で弾きました。神楽《かぐら》や東遊《あずまあそ》びなどの時に用いられました。

明石の君が弾いた琵琶《びわ》（琵琶の琴）も、中国から伝来した琴ですが、ほかの琴とは形が違っていて、楕円形の胴に柄をつけて四本の絃を張ったもので、右手に持った撥で弾きました。

126ページ図版参照。

第三六

柏《かしわ》木《ぎ》

光源氏の子の秘密

主要登場人物の年齢

光源氏	48
紫の上	40
女三の宮	22(23)
玉鬘	34
今上帝	22
夕霧	27
柏木	32(33)
薫	誕生

柏木の病が快復しないままに、年が明けた。死を予感した柏木は、ひそかに女三の宮に手紙を出す。宮は、柏木の子（薫）を生んだ。光源氏は、この子の誕生を素直に受け入れることができない。女三の宮も、そんな光源氏の態度に、出家を望むようになった。宮は、娘を心配して下山した朱雀院《すざくいん》の手によって、望みどおり出家した。

柏木の死が近いと思った今上帝《きんじょうてい》の配慮により、柏木は※権大納言《ごんだいなごん》に昇進するが、病は重くなるばかりであった。女三の宮の出家を知った柏木は、夕霧に、落葉の宮のことなどの後事を託して亡くなった。

三月、薫の※五十日《いか》の祝いがあった。薫を見て柏木に似ていると思った光源氏は、深い感慨に沈む。柏木の四十九日の法要も終わり、柏木から後事を託された夕霧は、一条の宮を訪れ、一条の御息所《みやすどころ》とともに、亡き柏木を偲んだ。

四月、夕霧は、一条の宮を訪れ、初めて、落葉の宮と歌を贈答した。

光源氏は、薫の五十日の祝いで、わが子ならぬ薫をわが子として抱いた。襖障子の奥に衣の端が見えているのが女三の宮か。

秋になって、早くも薫は這い始めた。

※**権大納言**　定員外の大納言。今上帝は、昇進の喜びのために参内した柏木ともう一度会いたいと思ったのである。

※**五十日の祝い**　コラム31（121ページ）参照。

コラム 31

子どもが生まれると……

子どもが生まれると、その子が無事に成長することを願って、さまざまな行事が催されました。

子どもが生まれた後には、三日目の夜、五日目の夜、七日目の夜などに祝宴が催されました。これを、産養《うぶやしない》といいます。その日は、親族・縁者は、母親や子どものための衣類や飲食物を贈り、出産を祝いました。

子どもが誕生してから五十日目には、五十日《いか》の祝いが催されました。重湯《おもゆ》の中に餅を入れて、箸で小児に含ませる儀式です。この日の祝儀の餅を「五十日の餅」といいます。餅を含ませる役は、父または外祖父が務めました。

幼児の成長を祝って初めて袴を着ける儀式を、袴着《はかまぎ》といいます。男児・女児ともに、三歳から七歳頃までに、吉日を選んで、夜に行われました。光源氏の袴着は、三歳の時に、父桐壺帝《きりつぼてい》によって、春宮（後の、朱雀帝《すざくてい》）の時に劣らぬようにと、内蔵寮《くらづかさ》と納殿《おさめどの》の財物を用いて盛大に行われました（「1桐壺」の巻）。明石《あかし》の姫君（後の、明石の中宮《ちゅうぐう》）の袴着も三歳の時に、二条の院に引き取られた後に、父光源氏によって行われています（「19薄雲」の巻）。

第三七 横《よこ》笛《ぶえ》

形見の横笛は誰に？

主要登場人物の年齢

光源氏	49
女三の宮	23(24)
夕霧	28
雲居雁	30
明石の女御	21
朱雀院	52
薫	2

柏木《かしわぎ》が亡くなってから一年が過ぎた。光源氏や夕霧も、ねんごろに一周忌の供養をした。

朱雀院は、勤行《ごんぎょう》に励みながらも、女三の宮のことが心配でしかたがない。光源氏は、あどけない薫を見て、老いを感じる。

秋、夕霧は、一条の宮を訪れ、柏木が得意だった和琴《わごん》を弾き、落葉の宮も箏《しょう》を弾いて、夫を想う曲である想夫恋《そうふれん》を合奏した。この時、一条の御息所《みやすどころ》から、柏木が愛用していた横笛を贈られる。帰宅した夕霧は、その笛を吹いて寝た。その夜の夢に柏木が現れ、この笛は自分の子孫に伝えたいと告げた。夕霧は、六条の院を訪れ、匂宮《におうみや》たちと遊ぶ薫を見て、薫が柏木に似ていることを不審に思う。夕霧が、昨夜の夢のことを話すと、光源氏は、その横笛は自分が預かるべきものだと語りながら、薫は柏木の子であるかもしれないという疑惑を夕霧が抱いているのではないかと恐れる。

光源氏は、歯が生え始めて筍を齧るあどけない薫の様子を見る。筍は朱雀院から贈られたものである。

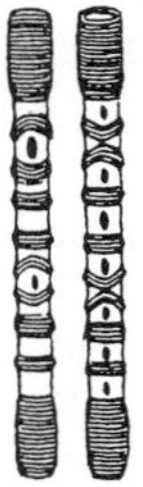

篳篥

横笛

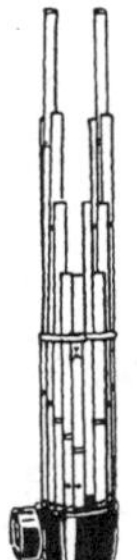

笙の笛

高麗笛

コラム 32

父と子をつなぐもの

夕霧は、一条の御息所《みやすどころ》から柏木遺愛の横笛を贈られました。当時、笛は女性が演奏する楽器ではありませんでした。また、柏木と落葉の宮の間に子どもはいません。それで、一条の御息所は、柏木の親友であった夕霧に横笛を伝えるのがよいと判断したのでしょう。

ところが、その夜、夕霧の夢に柏木が現れて、その笛は夕霧ではなく子々孫々に伝えたいと言いました。翌日、不審に思った夕霧が、光源氏に夢の話をしてその意味を尋ねました。光源氏は、笛の伝承について詳しく語りながら、夕霧の質問をはぐらかして、柏木の笛を自分が預かることにしました。もちろん、光源氏は、柏木の笛は薫に伝えるべきであると知ったのですが、夕霧に真相を語るわけにはいかなかったのです。

その後、成長した薫は、「49宿木」の巻で、今上帝《きんじょうてい》の女二の宮と結婚しました。臣下が今上帝の皇女と結婚するのは、たいへんな名誉であったので、薫は羨望されました。女二の宮が薫のもとに迎え入れられる前夜、今上帝は、宮中で藤花の宴を主催しました。その宴での演奏で、薫は、柏木遺愛の笛を見事に吹きました。笛は、光源氏を通して、確かに薫に伝えられたのでした。

第三八
鈴《すず》虫《むし》
鈴虫の声に誘われて

主要登場人物の年齢

光源氏	50
女三の宮	24(25)
夕霧	29
冷泉院	32

翌年の夏、女三の宮は、多くの仏像を造り、開眼供養を営んだ。

八月十五日の夜、光源氏は、女三の宮のもとを訪れ、鈴虫の鳴き声に興じて歌を詠み交わし、※琴《きん》の琴《こと》を弾いた。夕霧たちも訪れて、管絃の遊びとなった。そこへ、冷泉《れいぜい》院《いん》から月の宴への招待があり、光源氏をはじめ、皆、院に参上し、詩歌管絃の宴が催された。

翌朝、光源氏は、秋好中宮《あきこのむちゅうぐう》のもとを訪れた。中宮は、いまだに成仏できない母六条の御息所《みやすどころ》の後生《ごしょう》を願うために出家したいと光源氏に伝えたが、諫《いさ》められた。中宮は、六条の御息所のための追善供養を営んだ。

※琴の琴　コラム30（118ページ）参照。

女三の宮のもとを訪れた光源氏は、鈴虫の声を聞きながら琴の琴を弾いた。女三の宮と一緒に出家した侍女たちは、仏に供えるものを用意している。

琴の琴

箏の琴

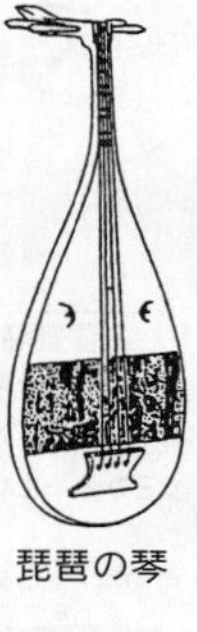

琵琶の琴

和琴

第三九　夕《ゆう》霧《ぎり》

親友の未亡人と……

主要登場人物の年齢

光源氏	50
紫の上	42
女三の宮	24(25)
夕霧	29
雲居雁	31

柏木《かしわぎ》から後事を託された夕霧は、落葉の宮のもとをしばしば訪れていた。落葉の宮は、病気になった一条の御息所《みやすどころ》とともに小野の山荘に移った。八月二十日頃、夕霧は、一条の御息所の病気見舞いを理由に小野の山荘を訪れて、落葉の宮に恋心を訴えるが、宮は心を開かない。その夜夕霧が落葉の宮のもとで過ごしたことを、翌日聞いて驚いた一条の御息所は、夕霧の真意をただそうとして手紙を送った。夕霧が御息所からの手紙を読もうとしていた時に、落葉の宮からの手紙かと疑って嫉妬した雲居雁《くもいのかり》が取り上げて隠してしまった。

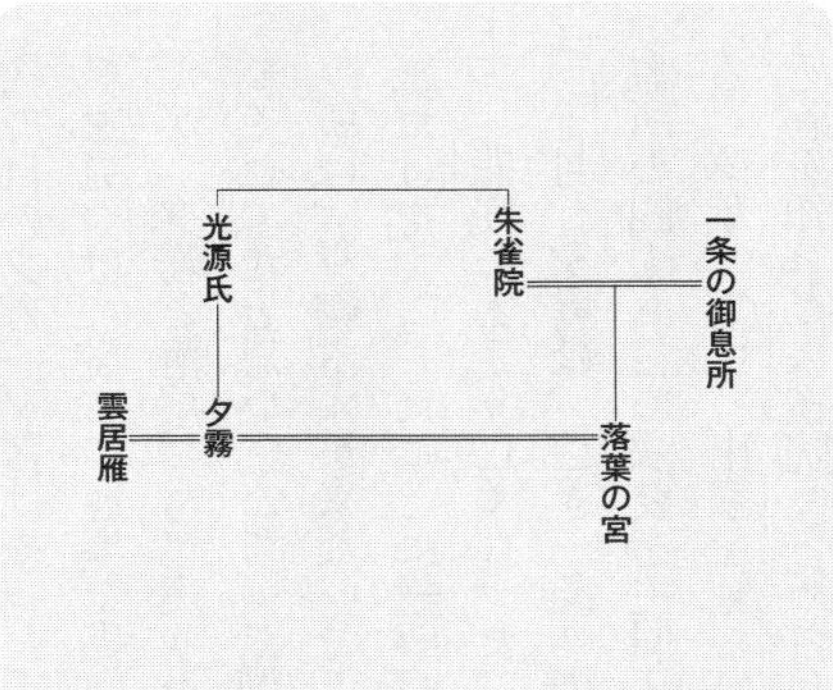

夕霧は、小野にいる落葉の宮のもとを訪れる。

次の日の夕方、夕霧はやっと手紙を見つけて慌てて返事を書いたが、夕霧と落葉の宮が契りを結んだのだと思い込んでいた御息所は、夕霧本人が来ないで手紙だけをよこしたことに絶望して、悲嘆のあまり亡くなった。

十月、夕霧は、亡き一条の御息所の四十九日の法要を主催する。落葉の宮は、出家を望むが、それを知った朱雀院にとめられる。夕霧は、落葉の宮を無理やりに小野の山荘から一条の宮に移し、落葉の宮に迫るが、宮は、頑《かたく》なに拒む。しかし、侍女の手引きで二人は結ばれた。落葉の宮は、一条の御息所の服喪中であった。

一方、雲居雁は、夕霧の心変わりに怒り、父の邸に帰ってしまった。

コラム 33

小野

物《もの》の気《け》に悩まされた一条の御息所《みやすどころ》は、落葉の宮とともに小野にある山荘に移りました。加持祈禱《かじきとう》を頼んだ僧が、比叡山に山籠《ごも》りしているため京には来られないというので、小野が比叡山の麓近くであることを理由に、そこまで下山してもらうことにしたのでした。

小野は、現在の京都市左京区上高野《かみたかの》から八瀬《やせ》大原《おおはら》にかけての一帯をいいます。このあたりには、古くから貴族の山荘があったようです。『伊勢物語』八十三段では、惟喬《これたか》親王が隠棲した地として描かれています。一条の御息所の山荘の位置は、はっきりとは語られていませんが、修学院《しゅがくいん》の付近でしょうか。あるいは、大原のあたりだという説もあります。

「53手習」の巻における横川《よかわ》の僧都《そうず》の母尼や妹尼たちの住まいも、比叡坂本の小野という所にあると語られています。それは、一条の御息所の山荘があった所よりは、もう少し奥に入った所だとも語られています。横川の僧都一行に救われた浮舟は、その後、小野の山里で、(僧都の)妹尼たちと暮らします。川音が荒々しかった宇治よりも静かな山里の小野で、浮舟は少しずつ身心を快復させていきます。

第四十　御《み》法《のり》

紫の上、死す

紫の上は、「35若菜下」の巻の女楽の後に発病して以来、健康を取り戻せないでいた。紫の上は、何度も出家を願うが、光源氏は許さなかった。

三月、紫の上は、長年ひそかに計画していた法華経※千部の供養を、二条の院で催した。法会の荘厳さに人々は感嘆するが、一方、紫の上は残り少ない寿命を悟って、悲しく思っていた。

夏、紫の上は、病気見舞いのために退出した明石の中宮と対面した。

八月十四日の早朝、紫の上は、光源氏と明石の中宮に看《み》取られて亡くなった。紫の上の葬儀は、その日のうちに行われた。

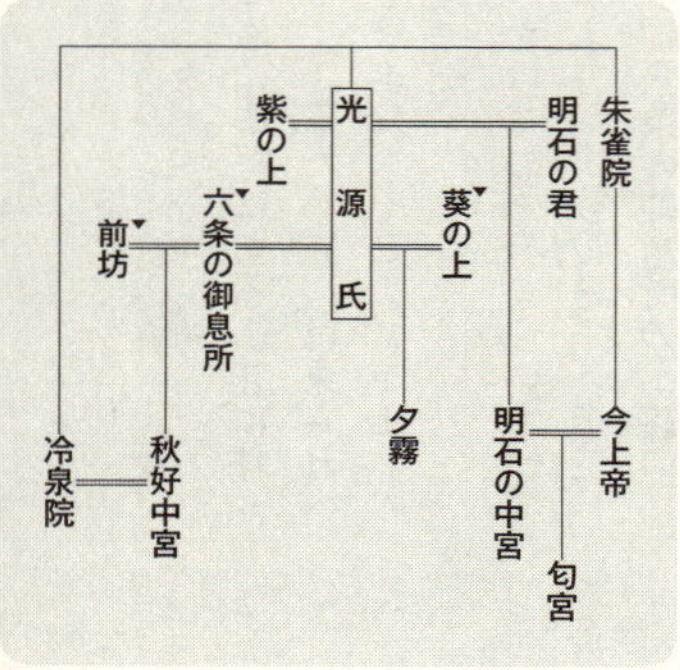

主要登場人物の年齢

光源氏	51
紫の上	43
明石の中宮	23
明石の君	42
秋好中宮	42
夕霧	30

光源氏と明石の中宮は病気の紫の上を見舞った。

喪に服した夕霧は、かつて野分《のわき》の折に垣間見《かいまみ》た紫の上の美しさを思い出していた。光源氏は悲しみに沈むばかりであった。今上帝《きんじょうてい》、致仕《ちじ》の大臣、秋好中《あきこのむちゅう》宮《ぐう》たちからの弔問《ちょうもん》があるなか、光源氏は、紫の上の亡き魂を偲び、仏道修行に励んだ。

紫の上の四十九日の法要は、悲しみのあまりその指示もできない光源氏に代わって、夕霧が執《と》り行った。

※法華経千部　『法華経』二十八品（八巻）を一部とする。紫の上は、それを千部用意していた。

コラム34

女君たちの最期

光源氏の愛する女性たちの最期は、どのように描かれているのでしょうか。

夕顔は、光源氏が連れ出した廃院で、物の気《もののけ》に襲われて亡くなりました。物の気が夕顔の枕元《まくらもと》から消えた後、光源氏が、夕顔を起こしてみると、身体はすっかり冷えきっていて、すでに息絶えていたのでした。まだ十九歳でした。

藤壺の中宮は、三十七歳（女性の大厄の年）で、光源氏に看取《みと》られて亡くなりました。その最期は、「灯火などの消え入るやうに」と語られています。それは、釈迦《しゃか》の入滅の様子を記した「まさに涅槃《ねはん》に入ること、煙尽きて灯の滅ゆるがごとし」（『法華経』）を思い起こさせる表現となっています。

紫の上は、光源氏と明石の中宮と三人で歌を詠み合った後、明石の中宮に手を取られながら「消えゆく露」のように衰弱していきました。命をとどめようと手立てが尽くされましたが、その効《かい》もなく、夜が明ける頃に「消え果て」ました。四十三歳でした。

光源氏は、これらの女君たちの最期を看取ることができましたが、物の気によって命を落とした葵の上の最期を看取ることはできませんでした。光源氏が宮中に参内していた間に急死したためです。葵の上は、二十六歳でした。

第四一　幻《まぼろし》

光源氏、紫の上を忘れられず

主要登場人物の年齢

光源氏　52

新年を迎え、六条の院には例年どおりに年賀の人々が多く集まったが、光源氏は、蛍の宮にだけ会って、亡き紫の上の思い出を語り合った。

二月、光源氏は、紫の上が大切にしていた春の町の紅梅を見ながら、紫の上を偲ぶ。※賀茂の祭、七夕、※重陽《ちょうよう》など、季節の折ごとに、光源氏は、紫の上のことを思い起こして、悲しみを深める。

年の暮れ、光源氏は、出家の準備のために、これまで関わりのあった女性たちからの手紙を焼いた。そのなかには、特別に取っておいた紫の上からの手紙もあった。手紙を焼くことで、光源氏は愛執を断って出家の決意を固めるのであった。

十二月晦日、光源氏は、出家前の最後の新年を迎える

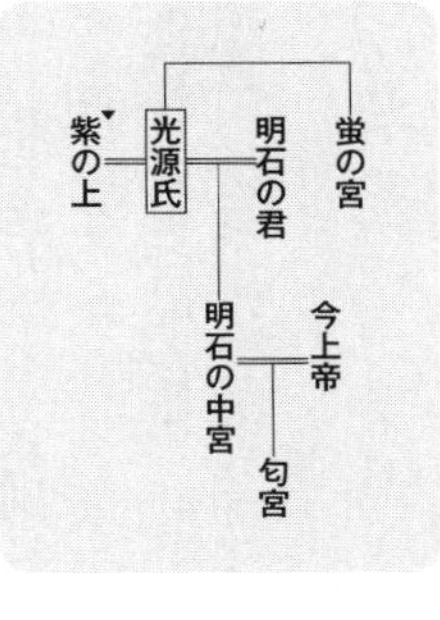

光源氏は、紫の上が大事にしていた紅梅を見て紫の上を偲んだ。

にあたって、正月の行事を例年よりも格別にしようと、あれこれと指示をした。

※賀茂の祭　上賀茂神社（賀茂別雷《わけいかずち》神社）と下鴨神社（賀茂御祖《みおや》神社）の例祭。四月の中の酉《とり》の日に行われた。

※重陽　年中行事。五節供の一つ。九月九日、天皇が紫宸殿に出御し、詩作の宴が催され、群臣に菊酒と氷魚《ひお》を賜る儀式。

コラム 35

その後の光源氏

紫の上の死後、光源氏は、紫の上を追憶したり、自分自身の人生を回顧したりしながら、次第に出家への準備を整えていきました。けれども、「幻」の巻には、実際に光源氏が出家したことは描かれていません。また、物語のなかには、光源氏がどのような最期を迎えたかも描かれていません。では、その後の光源氏はどうなったのでしょうか。

光源氏は、年が明けて、正月の行事を滞りなくすませた後に、念願の出家を遂げたものと思われます。具体的な様子は描かれていませんが、出家した光源氏が、嵯峨《さが》の院（嵯峨の御堂《みどう》のことでしょう）に隠棲したことや、出家後、二、三年で亡くなったことなどが、「49宿木」の巻に記されています。

ところで、「幻」の巻の次に、通常、名前だけで本文のない「雲隠《くもがくれ》」という巻が置かれています。光源氏の死を暗示しているような巻名です。もともと巻名だけしかなかったのか、本文はあったけれども失われてしまったのか、本当のことはわかりません。また、この巻が『源氏物語』の作者によるものかどうかもわかりません。光源氏の死を悼《いた》む読者によって「雲隠」という名前だけの巻が作られ、それを支持する読者によって、今に伝えられたのかもしれません。

第四二 匂兵部卿《におうひょうぶきょう》

どちらがお好き？ 二人の貴公子

主要登場人物の年齢

薫	14〜20
匂宮	15〜21
明石の中宮	33〜39
夕霧	40〜46
六の君	10(11)〜16(17)

光源氏が亡くなって、九年の歳月が流れた。今上帝《きんじょうてい》の三の宮（匂宮《におうみや》）と、女三の宮の若君（薫《かおる》）の二人は美しく成長した。

薫は、十四歳の年の二月に侍従になり、秋には右近中将《うこんのちゅうじょう》となった。しかし、そのような晴れがましさとは裏腹に、自分の出生に秘密があるのではないかと疑い、ひそかに悩んでいた。そのため、名誉や恋には興味を懐かず、仏道に心を寄せていた。

薫は、生まれつき、この世のものとは思われないほどの芳香を体から放っていた。一方、匂宮は、薫に張り合うようにして、衣にさまざま

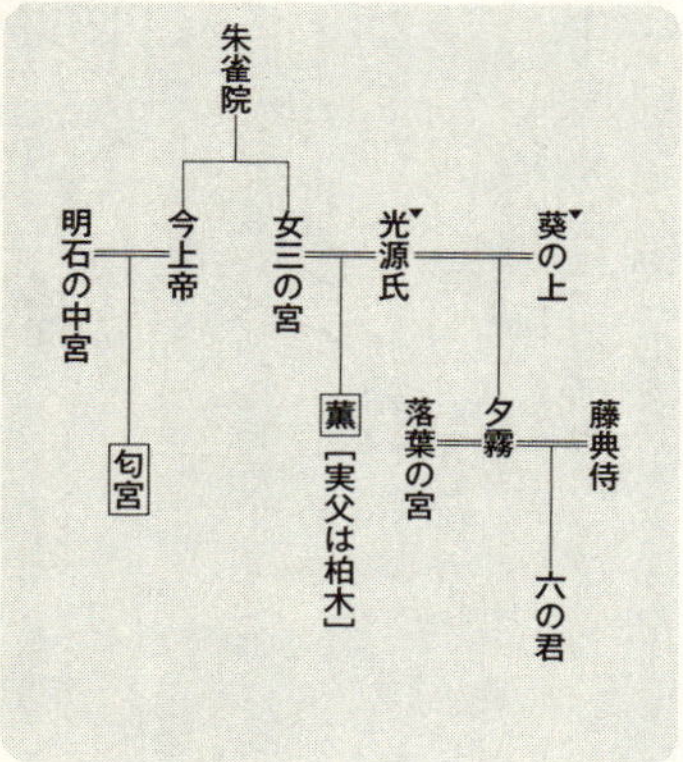

な趣向を凝らした香《こう》を薫《た》きしめていた。人々は、匂う兵部卿、薫る中将と言って二人をもてはやした。

薫は、十九歳の年、三位の宰相に昇進した。夕霧は、六の君（母は藤典侍《とうないしのすけ》）を薫か匂宮のいずれかと結婚させたいと思い、落葉《おちば》の宮に養女として預けていた。

翌年の正月、夕霧は、六条の院の賭弓《※のりゆみ》の還饗《かえりあるじ》を主催した。夕霧から招待された薫は、匂宮とともに出席した。

薫や匂宮たちは、賭弓の還饗に招かれて夕霧のもとへ赴く。

※賭弓の還饗　賭弓の節会の後に、勝った側の近衛大将が、人々を饗応するために自邸で開催する饗宴。「賭弓の節会」は、コラム20（81ページ）参照。

コラム 36

匂宮と薫

「匂兵部卿」の巻から始まる『源氏物語』の第三部は、光源氏亡き後の物語です。都では、匂宮と薫の二人が、光源氏ゆかりの美しい貴公子として、たいそうもてはやされていました。二人は、年齢も近く、幼い頃から六条の院で仲よく成長しました。匂宮は、今上帝の第三皇子で母は明石の中宮ですから、光源氏の孫にあたります。薫は、光源氏の晩年に生まれた子ですが、光源氏の遺言もあって、光源氏の死後は、冷泉院から格別な配慮を受けて育てられました。

ところで、匂宮、薫という名称は、本名ではなく、人々がつけたニックネームです。二人ともよい匂いをさせているのでつけられたのですが、薫が生まれつきの芳香を体から発しているのに対して、匂宮の方は、香《こう》を薫《た》きしめて人工的な芳香をまとっています。香りのことだけではなく、匂宮は色好みではなやか、薫は内省的で落ち着いていると、性格も対照的です。

光源氏亡き後は、この二人が軸となって恋の物語が展開しますが、特に宇治十帖の物語世界では、生まれつきの芳香を身につけている薫の方が、中心的な人物として描かれています。

第四三　紅《こう》梅《ばい》

婿候補No.1、匂宮

主要登場人物の年齢	
薫	24
匂宮	25
夕霧	50
紅梅	54(55)
真木柱	46(47)
春宮	31

亡き柏木《かしわぎ》の弟の紅梅には、亡くなった北の方との間に二人の姫君（大君《おおいぎみ》・中の君）がいたが、現在は真木柱《まきばしら》を北の方としていて、若君も生まれていた。真木柱は、かつて蛍の宮と結婚して姫君（宮の御方）を儲《もう》けていた。三人の姫君たちは、紅梅邸で一緒に暮らしていた。

紅梅は、大君を春宮《とうぐう》に入内《じゅだい》させ、中の君を匂宮《におうみや》と結婚させたいと望んでいた。

春、紅梅は、匂宮に、中の君との結婚を期待する手紙を送った。

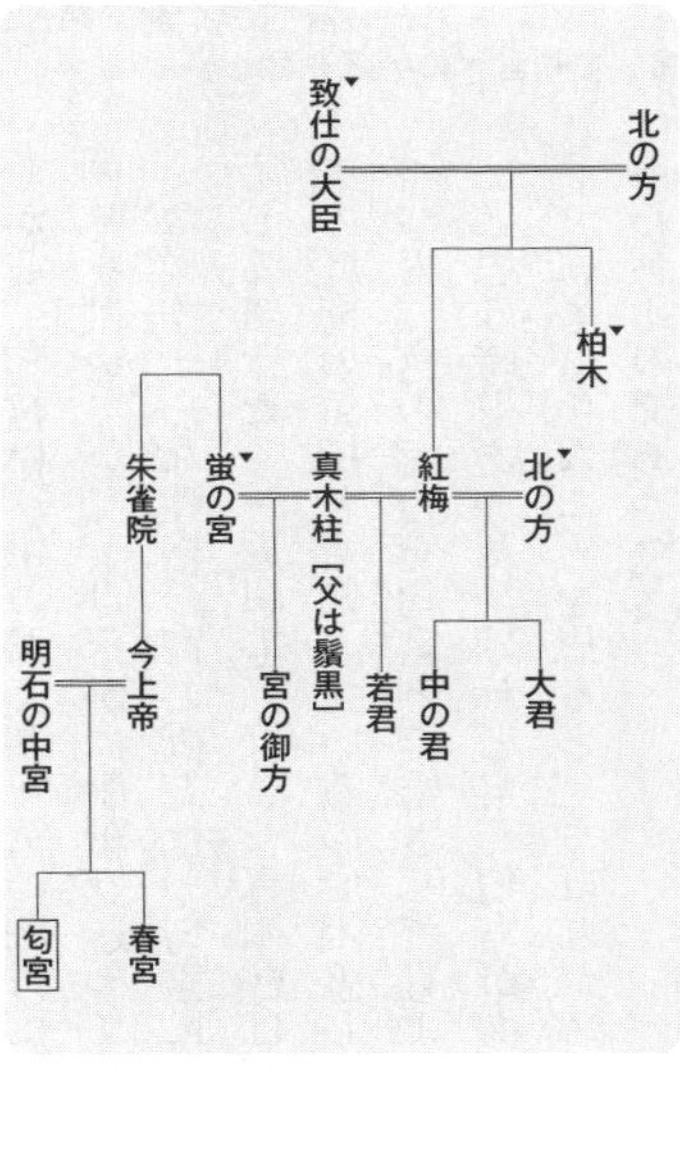

紅梅は、匂宮と中の君の結婚を願って匂宮への手紙を書く。

しかし、匂宮は、中の君よりも宮の御方に興味を懐《いだ》いていて、ひそかに手紙を送っていた。控えめな性格の宮の御方は、匂宮に応じる気はなく、返事もしない。真木柱は、夫の紅梅の気持ちを知っているので困惑しつつも、宮の御方を匂宮と結婚させてもよいと思う時もあった。けれども、匂宮があまりにも好色なことを思うと、やはりためらわれるのであった。

その頃、匂宮は、宇治の姫君のもとに通っていた。

第四四 竹《たけ》河《かわ》
玉鬘の娘たち

主要登場人物の年齢

薫	14〜23
匂宮	15〜24
夕霧	40〜49
玉鬘	47〜56
冷泉院	43〜52
秋好中宮	52〜61
今上帝	35〜44
明石の中宮	33〜42

玉鬘《たまかずら》には、亡き鬚黒《ひげくろ》との間に息子が三人と娘が二人いた。大君《おおいぎみ》には、今上帝《きんじょうてい》、冷泉院《れいぜいいん》、蔵人《くろうど》の少将（夕霧の息子）たちが求婚していた。玉鬘は、かつて冷泉院の意向に沿えなかった代償として、大君を冷泉院のもとに出仕させようと思っていた。

薫《かおる》は、十五歳の年の正月、玉鬘邸を訪問して音楽の才能を発揮し、人々から絶賛された。三月、桜の花の盛りに、蔵人の少将は、大君と中の君が庭の桜を賭《か》けて碁の勝負をする姿を垣間見《かいまみ》て、大君への思いをますます募らせた。しかし、大君が四月に冷泉院と結婚して

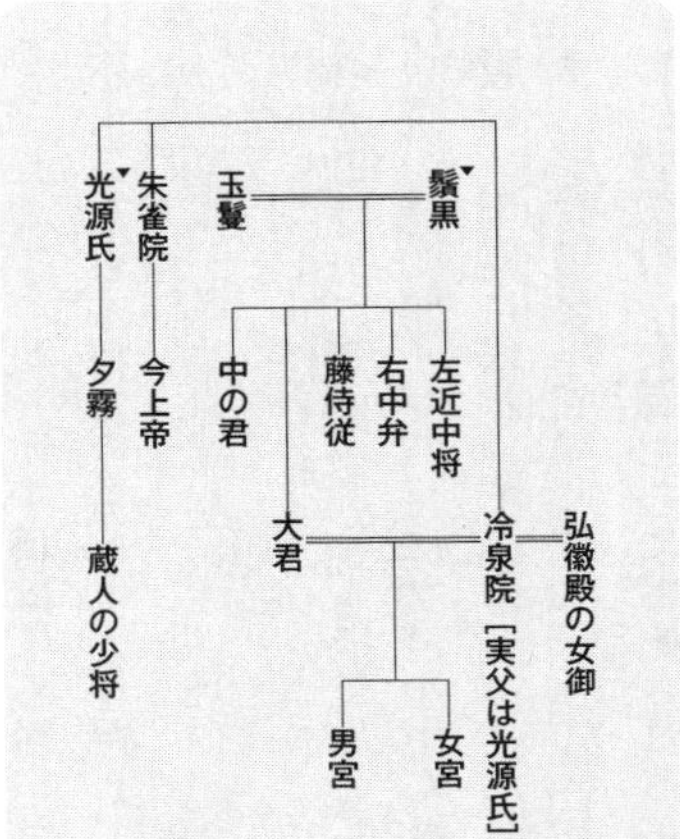

玉鬘の姫君たちは、桜を賭けて碁の勝負をした。勝負が終わった後、女童が庭へ下りて散った桜の花をかき集める。

しまったので、蔵人の少将は深く嘆いた。今上帝も、左近中将《さこんのちゅうじょう》（鬚黒の息子）を召して、大君が冷泉院と結婚したことに対して不満をもらした。

年が改まり、※男踏歌《おとことうか》が催された。大君は、冷泉院の寵愛厚く、四月に女宮を生んだ。中の君は、玉鬘に代わって※尚侍《ないしのかみ》となった。

また、数年を経て、大君は、男宮を生んだために弘徽殿《こきでん》の女御《にょうご》たちに嫉妬《しっと》されるようになり、里下がりすることが多くなった。

薫が二十三歳の年、夕霧は左大臣に、紅梅は右大臣に、薫は中納言に昇進した。

※男踏歌　コラム20（81ページ）参照。

※尚侍　コラム26（102ページ）参照。

第四五 橋《はし》姫《ひめ》

宇治に美人姉妹が！

主要登場人物の年齢

薫	20〜22
八の宮	年齢未詳
大君	22〜24
中の君	20〜22
冷泉院	49〜51
女三の宮	41(42)〜43(44)

宇治では、光源氏の異母弟にあたる八の宮が、二人の姫君（大君《おおいぎみ》・中の君）とともにひっそりと暮らしていた。かつて、冷泉院《れいぜいいん》が春宮《とうぐう》であった時、弘徽《こき》殿《でん》の大后《おおきさき》と右大臣一派が春宮を廃して八の宮を擁立しようという陰謀を企てたことがあった。そのため、八の宮は、光源氏が政界に復帰してからは、世間からすっかり見捨てられていたのであった。

八の宮は、さらに、北の方にも先立

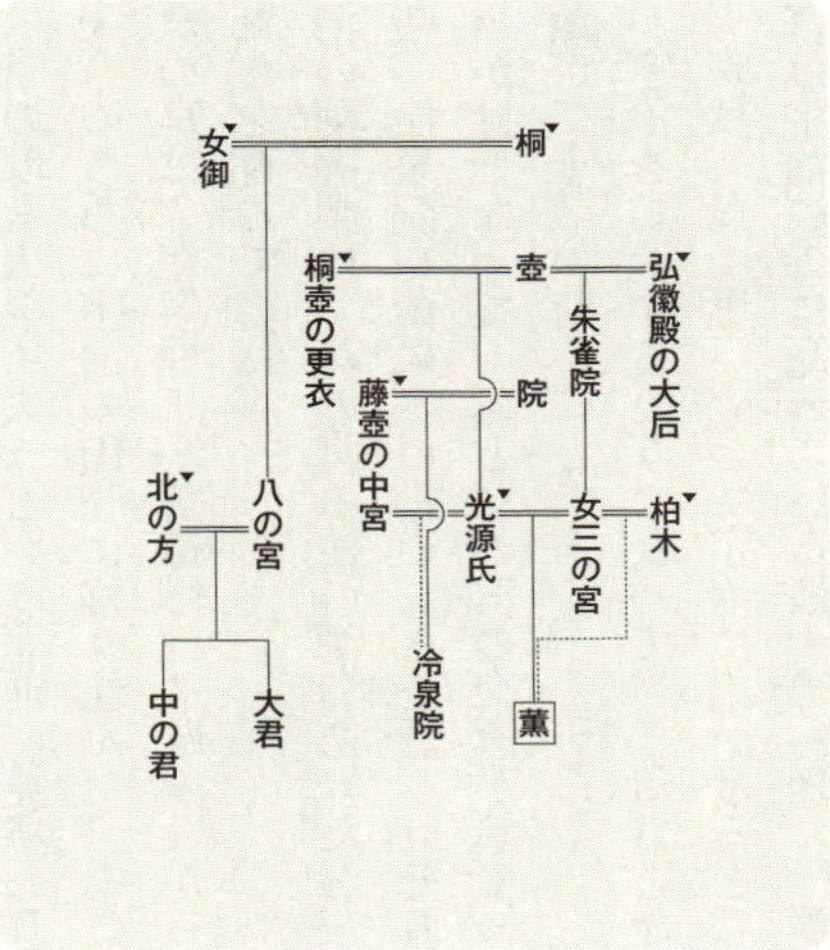

薫は、宇治の大君と中の君を垣間見した。

たれ、京の邸《やしき》も火災で失うという悲運に見舞われて、失意のうちに宇治の山荘に移り住んだ。そこで、八の宮は、在俗のまま仏道修行に励みながら、姫君たちを育んでいた。

宇治の阿闍梨《あざり》は、八の宮の法《のり》の師であったが、ある時、冷泉院や薫《かおる》に八の宮のことを語り、それがきっかけとなって、薫と八の宮の交流が始まった。薫が二十歳の時のことである。

薫が宇治を訪問するようになって、三年目となった。晩秋、薫が思い立って宇治に出かけると、八の宮は宇治の寺に籠っている最中であった。薫は、月明かりの下で琴の合奏を楽しんでいた姫君たちを偶然に垣間見《かいまみ》て心惹《ひ》かれた。薫は、大君と言葉を交わし、歌を贈答した。その折に、亡き柏《かしわ》木《ぎ》の乳母子《めのとご》であったという老侍女（弁）が現れた。薫は、弁と再会を約束して京に帰った。

帰京後、薫は、大君に手紙を送り、匂宮には宇治の姫君たちのことを話して聞かせる。匂宮も、姫君たちに興味を懐《いだ》いた。

十月になって、宇治を訪れた薫は、八の宮から歓待されて、姫君たちの後見を託された。その明け方、弁から出生の秘密を聞き、実父柏木の手紙などを渡された。

帰京した薫は、母女三の宮に会うが、秘密を知ったことをうち明けられずに、一人で苦悩を深めるのであった。

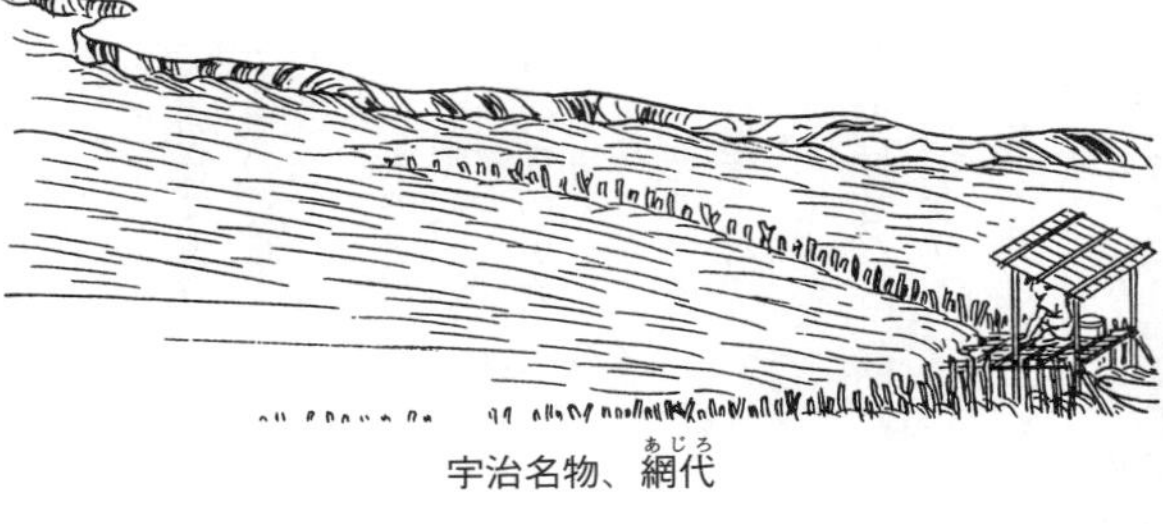

宇治名物、網代《あじろ》

コラム 37

大君《おおいぎみ》と中の君

ある晩秋の夜、薫は思い立って宇治を訪れました。ところが、八の宮は留守で、姫君たちは琴を演奏していました。薫は、姫君たちを垣間見《かいまみ》てその優雅な様子にすっかり心を奪われてしまうのです。

ところで、薫が垣間見ている姉妹のうち、どちらが大君でどちらが中の君なのでしょうか。じつは、前に、八の宮が、大君には琵琶《びわ》を、中の君には箏《しょう》を教えたことが書かれているので、楽器に着目すれば、琵琶を前にしているのが大君、箏を前にしているのが中の君だということになりそうです。

ところが、この場面で繰り広げられる姫君たちの様子は、琵琶の姫君の方が愛らしく明るく活発で、箏の姫君の方が落ち着いて嗜《たしな》みがあるように描かれています。この姉妹の性格は、姉の大君は落ち着いて思慮深く、妹の中の君はおおらかで可憐な感じに設定されています。そうすると、この場面での姫君たちのやりとりからは、琵琶の姫君は中の君、箏の姫君は大君ということになります。性格は簡単には取り替えられませんが、楽器は取り替えることができます。ここでは、父宮の留守に、姫君たちは、いつも習っている楽器を取り替えて演奏を楽しんでいたのかもしれません。

第四六 椎本《しいがもと》
姫君たちの父、死す

主要登場人物の年齢

薫	23〜24
匂宮	24〜25
大君	25〜26
中の君	23〜24
六の君	19(20)〜20(21)

翌年、二月二十日頃に、匂宮《におうみや》は、初瀬詣《はつせもうで》の帰路、夕霧の宇治の別邸に滞在して、お供をした多くの上達部《かんだちめ》・殿上人《てんじょうびと》や、迎えに来た薫たちと、春の一日を楽しんだ。対岸の楽の音を聞いた八の宮に誘われて、翌朝、薫は八の宮のもとを訪ねた。匂宮から贈られた歌の返事は、八の宮が、中の君に書かせた。

帰京後も、匂宮は、しばしば歌を贈った。八の宮は、その返事をもっぱら中の君に書かせた。

秋、中納言に昇進した薫が宇治を訪れると、八の宮は、姫君たちの将来を案じて、改めて姫君たちの後見を依頼し、薫も承諾した。

秋が深まり、死期を悟った八の宮は、姫君たちに

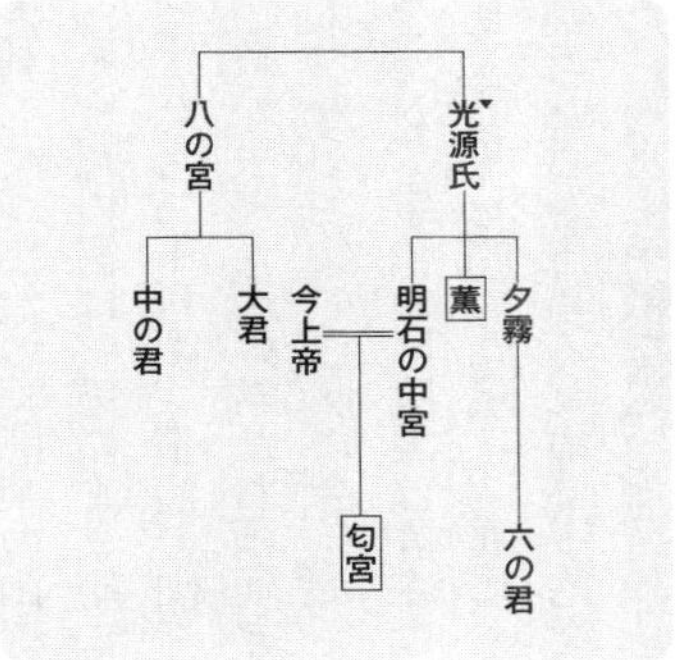

父宮が亡くなって寂しい思いをしている姉妹のもとへ、阿闍梨から炭などが届けられる。

訓戒を残して、宇治の阿闍梨《あざり》の山寺に籠《こも》った。八の宮は、そのまま病に臥して、八月二十日頃、宇治の山寺でこの世を去った。姫君たちは嘆き悲しみ、せめて父の亡骸《なきがら》に会いたいと願ったが、宇治の阿闍梨は許さなかった。訃報《ふほう》を聞いた薫は、涙にくれる姫君たちを慰めるために宇治を訪れた。匂宮も手紙を送った。

その年の暮れ、雪の中を訪れた薫は、大君《おおいぎみ》に恋心を訴えるが、大君は取り合おうとしなかった。

翌年の春、匂宮は、八の宮の姫君に逢わせてくれるように、薫にせがんだ。一方、夕霧は、匂宮が六の君との縁談には興味を示さないのを恨めしく思っていた。夏、宇治を訪れた薫は、喪服姿の姫君たちをひそかに垣間見《かいまみ》た。

コラム38 八の宮の訓戒

死期を悟った八の宮は、姫君たちに訓戒を残して、宇治の阿闍梨《あざり》の山寺に籠《こも》り、そのまま亡くなりました。その訓戒のうち、姫君たちのこれからの生き方について述べた部分のポイントをまとめてみましょう。

・父だけでなく、亡き母宮の顔に泥を塗るような（身分の低い男性と結婚するなどといった）軽はずみな考えを持たないようにせよ。

・本当に頼りになる人でなければ、甘い言葉に乗って山荘を離れてはいけない。

・自分たちは普通の人とは違った（結婚など考えてはいけない）運命なのだと思うようにして、この山荘で一生を終えようと心を決めよ。

・女性は、ひっそりと籠って、世間の非難を浴びないように過ごすのがよい。

いかにも当時の男性貴族らしい考え方が窺える内容です。最も重要なのは、姫君たちに結婚を禁止し、山荘で一生を終えることを指示している点ですが、よくよく頼りになる人とならば、結婚して山荘を離れてもよいとしているようにも受け取れます。もしかすると、八の宮は、心の底では、薫が姫君の一人と結婚して欲しいという望みを、最後まで捨てきれてはいなかったのかもしれません。

第四七 総角《あげまき》

薫、策に溺れる

主要登場人物の年齢

薫	24
匂宮	25
大君	26
中の君	24
明石の中宮	43
六の君	20(21)

その年の八月、八の宮の一周忌が近づき、準備のために薫《かおる》は宇治を訪れた。薫は、大君《おおいぎみ》を思慕する心を抑えきれず、その夜、大君に恋心を訴えたが、強く拒まれたまま一夜を明かした。大君は、自分は後見をして、中の君と薫を結婚させようと心に決めた。

八の宮の喪が明けて、宇治を訪れた薫は、侍女の手引きで大君の寝所に忍び込んだが、薫のけはいを察した大君は、中の君を残してのがれてしまった。薫は、中の君をも愛《いと》しく思うが、契りを交わすことなく、ただ語り明かした。

薫は、大君への思いを遂げるためには、中の君を匂宮《におうみや》と結婚させるほかはないと思い、策略

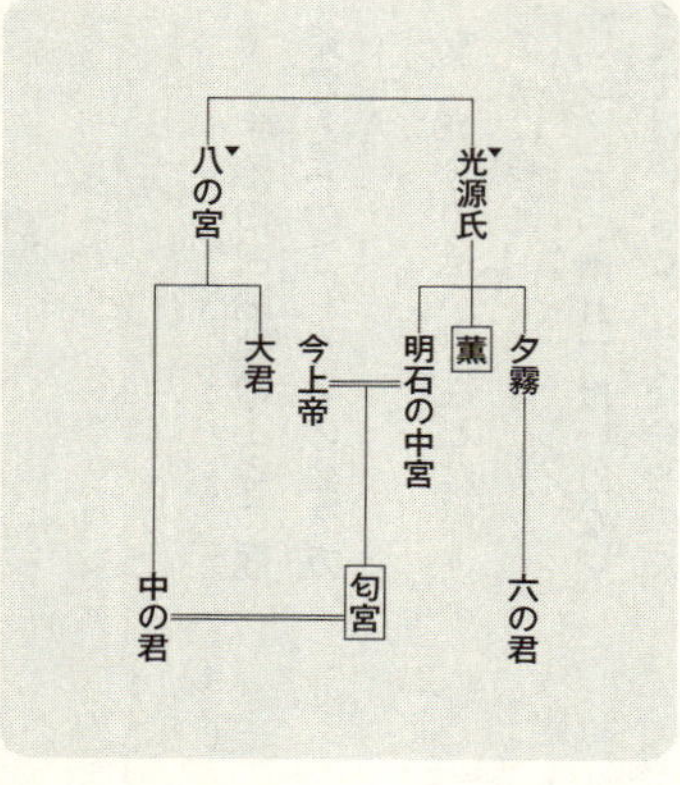

をめぐらせて、八月二十八日、ついに二人を契らせてしまった。大君は、薫を恨んだが、匂宮を中の君の婿として迎えることに決めた。大君は、衝撃を受けている中の君をなだめ、結婚の準備をして、「※三日夜《みかよ》の餅《もちい》」の儀も何とかすませた。

匂宮は、紅葉狩を口実に宇治に行き舟遊びをするが、対岸にいる中の君のところへ行くことができなかった。

匂宮は、中の君を愛しいと思うが、母明石《あかし》の中宮から自由気ままなふるまいを諫《いさ》められて、思うように宇治に通うことができなかった。事情がわからない大君は、匂宮の来訪が途絶えがちであることに心を痛めていた。匂宮は、中の君を京に迎えようと考えていた。一方、薫も、大君を迎える準備を進めていた。

十月、匂宮は、紅葉狩《もみじがり》を口実に宇治を訪れたが、心ならずも中の君に逢うことができずに帰京した。素通りされた大君たちは落胆する。さらに、匂宮が夕霧の六の君と結婚するという噂《うわさ》を耳にした大君は、衝撃を受けて、病に臥すようになった。大君は、匂宮が心変わりしたものと思い込み、男性不信の念をつのらせた。大君の病を知った薫は、宇治を訪れ、心を込めて看病した。

そのような折、大君の病気を治療するための加持祈禱《かじきとう》に来ていた宇治の阿闍梨《あざり》は、八の宮が成仏できずに苦しんでいるという夢を見たことを語った。それを耳にした大君は、自分のせいで父宮が成仏できないのではないかと思って、自らの罪業の深さに出家を願うが、果たせないまま、ついに十一月の中旬、薫に看取《みと》られながら亡くなった。薫は、大君を失った悲しみに、宇治に籠《こも》り続けた。

十二月の雪の日、匂宮は、宇治を訪れて中の君を見舞ったが、中の君は逢おうとしなかった。帰京した匂宮は、中の君に京に迎える準備をしていることを告げた。

※三日夜の餅　コラム17（69ページ）参照。

コラム 39

宇治

宇治といえば、喜撰《きせん》法師の歌「わが庵は都の巽《たつみ》しかぞ住む世を宇治山と人は言ふなり」（古今和歌集・雑下）を思い出す人が多いのではないでしょうか。この歌のように、「宇治（うぢ）」が「憂し」に通じることから、「世を憂し」と思う世捨て人のわび住まいのイメージが、宇治にはあります。零落した八の宮が隠棲した地としてふさわしい所といえましょう。

一方で、この地は、古くから交通の要所であり、平安時代には、貴族の別荘地や遊楽の地としても知られていました。『源氏物語』でも、夕霧の別荘が宇治川沿いにあり、匂宮は、初瀬詣《はつせもうで》の途中に訪れています。つまり、京に住む貴族にとっては、宇治は日常的な生活圏にある地とはいえませんでした。

高い身分ゆえに行動に制約のある匂宮は、中の君と結婚してからも、思うように遠い宇治に通うことができません。しかし、宇治に長く住んでいる大君には、京と宇治との距離感が実感できなかったようです。来訪が途絶えがちな匂宮の誠意を疑い、心痛から重い病に臥せるようになってしまいました。

大君の最期を看《み》取った薫は、そのまま宮仕えもせずに宇治に籠《こも》り続けました。そんな薫の姿に、京の人々は、大君に寄せる思いの深さを知ったのでした。

第四八 早《さ》蕨《わらび》

大君を偲ぶ人々

年が明けて、春が巡ってきた。大君《おおいぎみ》を失った悲しみに沈む中の君のもとに、宇治の阿闍梨《あざり》から蕨《わらび》や土筆《つくし》が届けられた。匂宮《におうみや》は中の君を二条の院に迎えることを決めたが、中の君は、宇治を離れることを心細く思っていた。

二月初旬、薫《かおる》は、喪の明けた中の君のもとを訪れ、亡き大君を偲んで、歌を詠み合った。また、薫は、尼になった弁（弁の尼）とも語り合って、世の無常を嘆いた。中の君も、弁の尼と別れを惜しんだ。

その翌日、中の君は、上京して二条の院の西の対《たい》に入った。薫は、中の君が大事にされている様子を、人から聞いてうれしく思う一方で、中の君と結婚しなかったことを後悔した。

主要登場人物の年齢

薫	25
匂宮	26
中の君	25

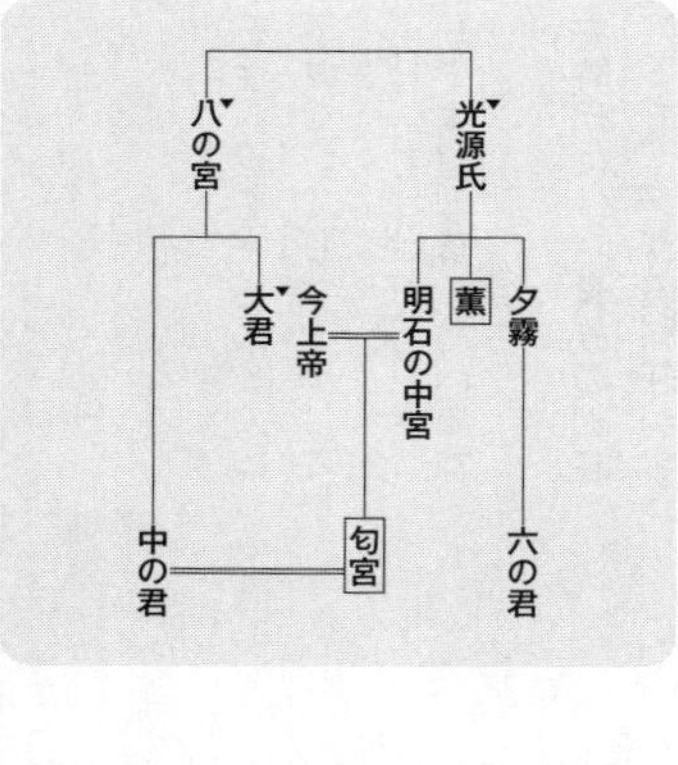

一方、夕霧は、二月のうちに六の君と匂宮を結婚させるために、六の君に※裳着《もぎ》をさせた。

※裳着　コラム25（99ページ）参照。

宇治の阿闍梨から蕨や土筆が届けられた。手紙を読んでいるのが中の君。

蕨

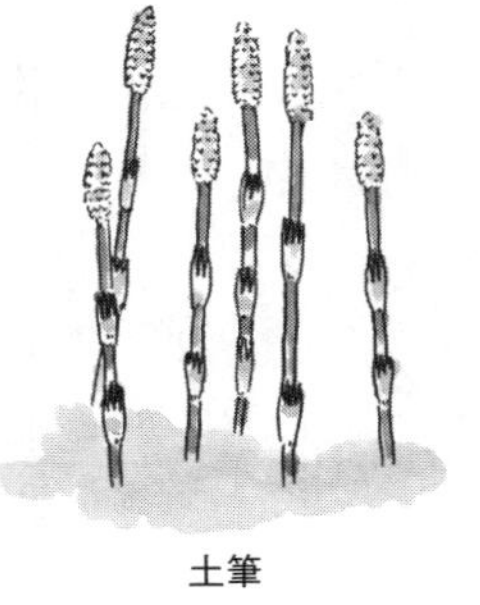

土筆

第四九 宿《やどり》木《ぎ》 大君亡き後、薫は……

主要登場人物の年齢	
薫	24～26
匂宮	25～27
中の君	24～26
女二の宮	14～16
六の君	20(21)～21(22)
浮舟	20前後
今上帝	45～47
夕霧	50～52

薫が二十四歳の年に遡る。今上帝《きんじょうてい》は、母女御を失った女二の宮の将来を案じて、薫《かおる》と結婚させたいと考えていた。帝は、薫と碁の勝負をしてその意向をほのめかしたが、薫はあまり気が進まない。一方、夕霧は六の君の婿に匂宮《におうみや》を迎えたいと望み、匂宮は承諾した。

翌年（匂宮が中の君を二条の院に引き取った年）の八月、匂宮と六の君の結婚の儀が六条の院で盛大に行われた。すでに懐妊していた中の君は悲嘆にくれた。

薫は、女二の宮との結婚を承諾しつつも、

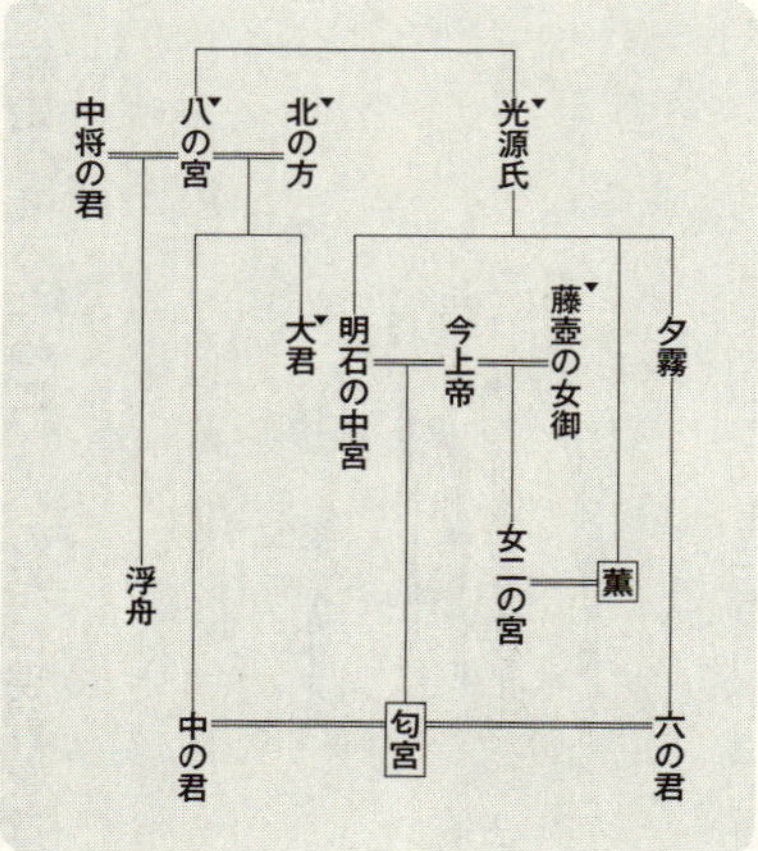

今上帝と薫は、碁の勝負をした。

中の君に亡き大君《おおいぎみ》の面影を見出《いだ》して、恋心を訴えるようになっていた。中の君は、匂宮の愛情が薄れることを心配するとともに、自分に思いを寄せてくる薫への対応にも悩むようになった。匂宮は、中の君を愛《いと》しく思う気持ちに変わりはないが、六の君にも心惹《ひ》かれて足繁く通うようになった。その一方で、匂宮は、中の君に何かと心配りをする薫の存在を気にし始め、二人の仲を疑うようになった。

薫の態度に悩む中の君は、宇治の邸を改築して、そこに亡き大君の※人形《ひとかた》を置いて勤行《ごんぎょう》したいと言う薫に、大君に似ている異母妹の浮舟の存在を告げた。九月、薫は、宇治の阿闍梨《あざり》に大君の一周忌の法要を依頼するために宇治を訪れて、ついでに、弁の尼に浮舟のことを尋ねた。浮舟は、亡き八の宮と侍女（中将の君）との間に生まれたが、認知されなかった娘であった。

翌年の二月、薫は、権大納言に昇進し、右大将を兼ねた。中の君は男君を出産し、盛大な※産養《うぶやしない》が行われた。女二の宮の※裳着《もぎ》と、薫との結婚の儀も、同じ二月に行われた。三月末、女二の宮を三条の宮に迎えたが、薫は、亡き大君のことが忘れられなかった。

四月、宇治を訪れた薫は、初瀬詣《はつせもうで》の途中で宇治に立ち寄った浮舟を偶然に垣間見《かいまみ》て心惹かれた。薫は、弁の尼に、浮舟との仲を取りもってくれるように依頼した。

※人形　コラム40（159ページ）参照。
※産養　コラム31（121ページ）参照。
※裳着　コラム25（99ページ）参照。

『紫式部日記絵巻』に描かれた敦成《あつひら》親王の産養

コラム40

身代わりの女君

亡き大君を忘れられない薫は、ある日、中の君に、大君の「人形《ひとかた》」、つまり大君の姿をかたどった像を作り、絵にも描いて、勤行したいと話しました。その言葉を聞いた中の君は、禊《みそ》ぎや祓《はら》えに用いる「人形」を連想しました。それは、「形代《かたしろ》」や「撫で物」とも言い、紙や木などで作り、体を撫でて災いや穢れを移してから、その人の身代わりとして水に流すものです。さらに、中の君は、亡き大君にとてもよく似ている異母妹の浮舟のことを薫に話したので、薫は、大君の代わりに浮舟を宇治の山荘に住まわせたいと思います。

このように、浮舟は、亡き大君の姿をしのぶための「人形」という意味だけではなく、人の災いや穢れを身に移されて水に流される「人形」からの連想という不吉なイメージまで負いながら、物語世界に登場したことになります。「50東屋」の巻では、浮舟は、薫と中の君の間で詠み交わされた歌の中で、「形代」や「撫で物」になぞらえられています。

後に、浮舟は、宇治川に身を投げようとします。それは未遂に終わりますが、入水自殺などという、貴族の女性には珍しいふるまいを決意することは、登場の際の、水に流される不吉なイメージと深い関わりがありそうです。

第五十 東《あずま》屋《や》 浮舟の悲劇の始まり

浮舟の母（中将の君）は、常陸介《ひたちのすけ》の北の方となっていた。中将の君は、弁の尼から薫《かおる》の意向をほのめかされるが、薫と浮舟の身分の違いを思うと、積極的になれなかった。

中将の君は、浮舟の結婚相手には、薫よりも左近少将のほうがふさわしいと思って、日取りを八月に定めて、結婚の準備をしていた。しかし、財産目当てだった左近少将は、浮舟が常陸介の実子でないと知ると、一方的に破談

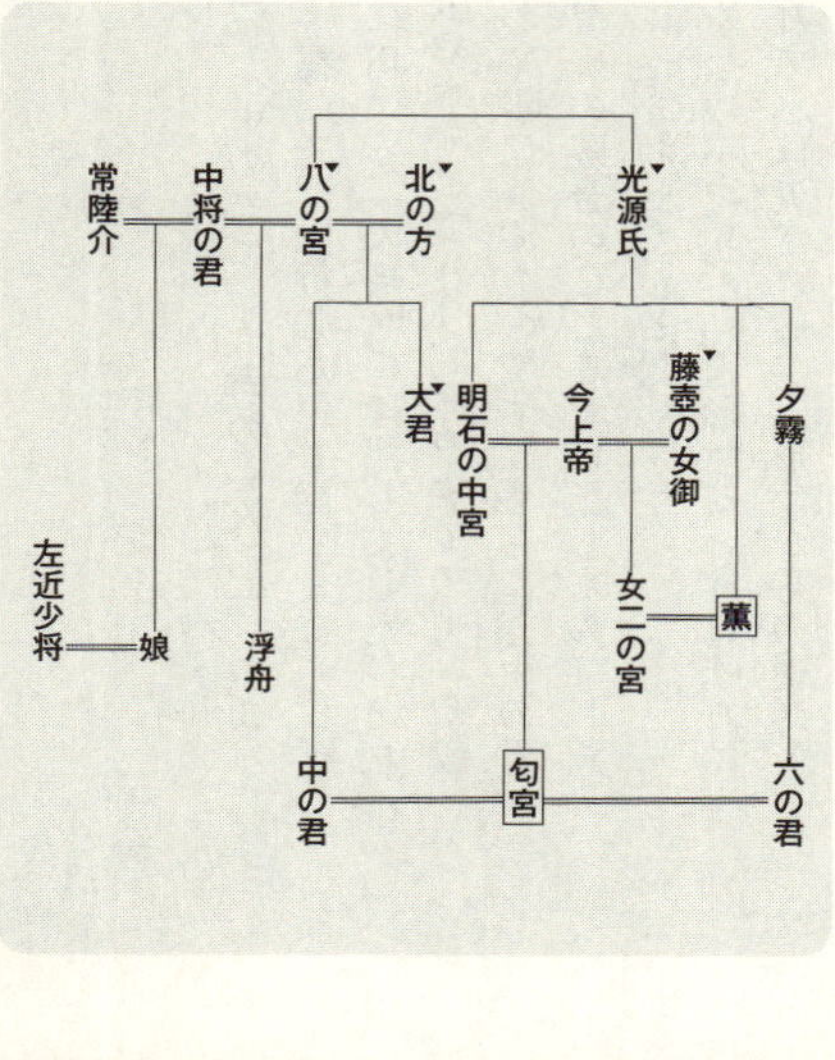

主要登場人物の年齢

薫	26
匂宮	27
中の君	26
浮舟	21前後

にし、実子である浮舟の妹に乗り換えた。

中将の君は、浮舟の悲運を嘆き、異母姉である中の君に浮舟を預けた。中将の君は、二条の院での中の君の様子を羨《うらや》ましく思い、また、薫の優雅な姿を垣間見《かいまみ》て、それまでの考えを改めて、浮舟を薫と縁づかせたいと願うようになった。

ところが、中将の君が二条の院を去った後に帰邸した匂宮《におうみや》が、偶然に浮舟を見つけてしまった。匂宮は、誰とも知らずに言い寄ったが、浮舟の乳母《めのと》や中の君の侍女のおかげで事なきを得た。

翌日、中将の君は、事情を聞いて驚き、急遽《きゅうきょ》浮舟を引き取って、三条に設けていた小さな家に移した。浮舟は、そこでつれづれの日々を過ごす。

中の君は、匂宮に言い寄られて困惑している浮舟に絵を見せて慰めた。

九月、宇治を訪れた薫は、弁の尼から、浮舟が三条の家に身を寄せていることを聞いた。帰京した薫は、浮舟に逢いに行き、初めて契りを交わした。その翌朝、薫は、浮舟を宇治に連れて行き、そこに隠し住まわせた。

泔《ゆする》を入れた容器（次頁参照）

川で髪を洗う庶民の女性

コラム41 平安時代の洗髪はたいへん！

夕方、匂宮が二条の院に帰ると、中の君はまだ洗髪が終わっていませんでした。長くて真っ直ぐな黒髪は、女性にとって大事なチャームポイントでしたが、当時、その長い髪を洗うのは、たいへんな作業でした。

まず、暦の上で、髪を洗うのによい日でなければ洗うことができません。現在のように、毎日洗うことはありませんでした。中の君は、八月に洗っていますが、侍女の言葉によると、九月、十月は髪を洗うのを忌む月だったようです。実際に洗髪するのは、本人ではなくて侍女たちの役目でした。「泔《ゆする》」といって、米のとぎ汁や強飯《こわいい》を蒸した後に出る汁で髪を洗いました。泔は、日々の手入れとして、櫛につけて髪をとかすのにも使いました。

洗い終わった後は、髪に癖がつかないようにきれいに乾かさなければなりません。これも一仕事でした。『うつほ物語』には、火桶《ひおけ》を前に置き、薫物《たきもの》を薫《た》いて、侍女たちが髪をあぶったり拭ったりして乾かす様子が描かれています。中の君の場合もさぞ大仕事だったことでしょう。

そんな時に折悪しく帰邸してしまった匂宮は、相手をしてくれる人もいないので、あちこち歩き回っているうちに、偶然浮舟を見つけてしまったのでした。

第五一　浮《うき》舟《ふね》

浮舟、進退きわまる

主要登場人物の年齢

薫	27
匂宮	28
中の君	27
浮舟	22前後
明石の中宮	46

匂宮《におうみや》は、行方《ゆくえ》がわからなくなった浮舟のことが忘れられず、中の君が隠しているのではないかと疑って恨んでいた。

翌年の正月、宇治の浮舟から中の君のもとに贈り物や手紙が届けられた。それが匂宮の目に触れたことがきっかけで、浮舟が宇治にいることや、薫《かおる》が隠し住まわせて通っていることなどが明らかになった。

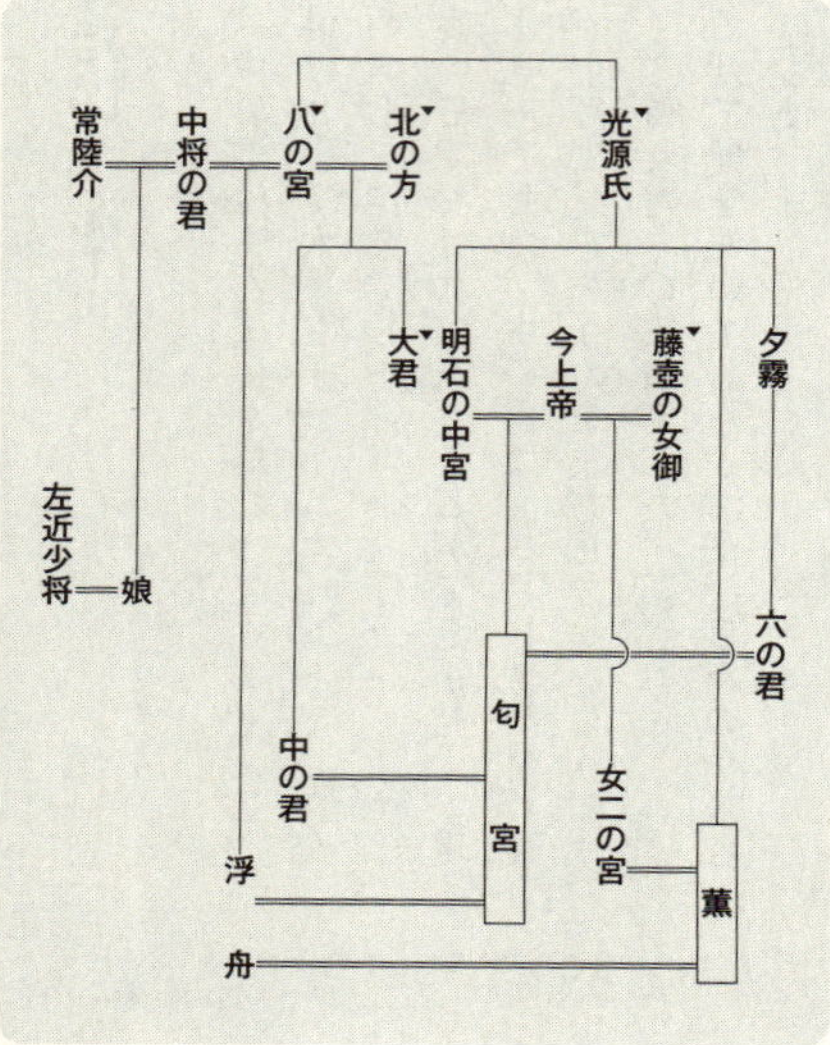

匂宮は、小舟で対岸の隠れ家に浮舟を連れ出した。

匂宮は、薫が宇治にいない夜、薫を装って浮舟の寝所に入り込み、強引に契りを結んだ。浮舟は、相手が匂宮と知って愕然《がくぜん》としたが、薫とは対照的に情熱的な匂宮に惹《ひ》かれてゆく。

二月、薫は宇治を訪れた。薫は、秘密を持って苦悩する浮舟の本心を知らず、自分が寂しい思いをさせたためにもの思いをしているのだろうと愛《いと》しく思い、京に迎えることを告げた。一方、浮舟との恋に夢中になっている匂宮は、大雪の中を宇治に赴き、小舟に乗せて、対岸の隠れ家に浮舟を連れ出した。そこで、夢のような二日間を過ごした。

薫が浮舟を京に迎える日が、四月の中旬と決まった。匂宮も、三月下旬に浮舟を京に引き取ろうと計画していた。母中将の君や乳母《めのと》たちは浮舟が薫に迎えられることを喜び、その準備に余念がないが、浮舟は苦悩する。そのうちに、匂宮と浮舟の秘密を知った薫から、裏切りを咎《とが》める手紙が届き、浮舟は驚愕《きょうがく》した。

薫は、宇治の邸を厳重に警備した。浮舟は、薫と匂宮のどちらかを選ぶことができずに、次第に追い詰められて、宇治川に身を投げようと決意した。

不吉な夢を見て浮舟の身を心配した母からの手紙が届いたが、浮舟は、入水《じゅすい》の決意を変えず、匂宮と母の二人にだけ歌を贈った。

コラム 42

二人の男に愛されて

　複数の男性に愛された女性が、一人を選べずに、自らの死によって事態を収めようとする悲劇的な話は、『源氏物語』以前から、古代の人々の間で語り継がれてきました。東国地方に伝わる真間《まま》の手児奈《てごな》伝説や、摂津《せっつ》の国《くに》（現在の大阪府・兵庫県の一部）の菟原処女《うばらのおとめ》伝説などが有名です。それらの内容は、『万葉集』の高橋虫麻呂《むしまろ》の歌や『大和物語』（一四七段）などから知ることができます。

『浮舟』の巻では、浮舟の侍女である右近が、姉の実話として、伝承とよく似た話をします。東国で、右近の姉は二人の男と関係を持ちましたが、新しい男の方に心を寄せたので、もとからの男が、新しい男を殺してしまいました。その男は国を追放され、姉も館を追われて京に戻れなくなったというのです。

　この右近の実話は、薫と匂宮の間で苦悩する浮舟が、右近の姉のように、当事者全員の人生を破滅させるかもしれない危険な状況にあることを、浮舟自身にも気づかせる役割を果たしているのです。また、真間の手児奈伝説や菟原処女伝説などの悲劇を、読者に思い起こさせる仕組みにもなっています。

　このように、入水自殺へと追い詰められていく浮舟の背景には、古い伝承のヒロインたちの悲劇が下敷きになっているのです。

第五二 蜻《かげ》蛉《ろう》

浮舟亡き後、都では……

主要登場人物の年齢

薫	27
匂宮	28
浮舟	22前後
明石の中宮	46
女二の宮	17

浮舟の失踪《しっそう》に、宇治では大騒ぎとなった。事情を知る侍女の右近と侍従《じじゅう》は、浮舟が苦悩の果てに宇治川に身を投げたものと直感した。母中将《ちゅうじょう》の君と乳母《めのと》も嘆き悲しんだが、浮舟の行方《ゆくえ》は知れなかった。

宇治では、真相が世間に知られることを恐れて、薫《かおる》にも知らせずに、遺骸《いがい》のないままに火葬が執《と》り行われた。匂宮《におうみや》は浮舟の急死を悲しんで病に臥し、薫は、浮舟を死

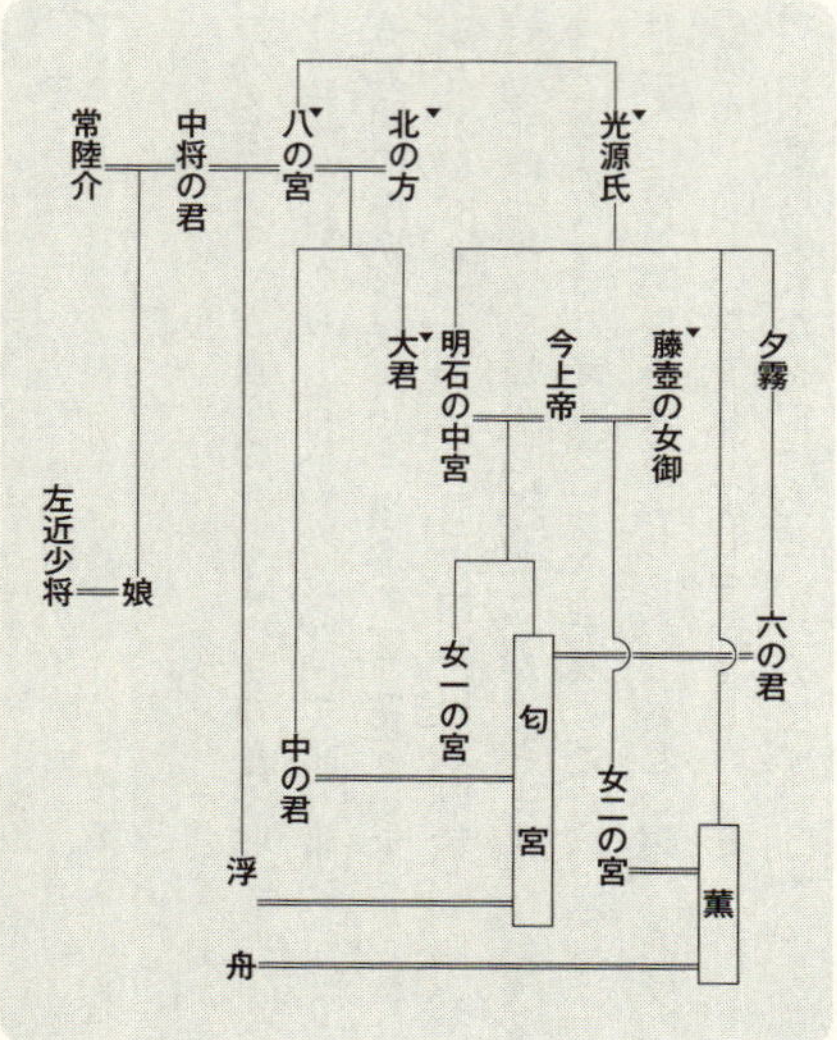

なせたことを嘆いて、今は律師《りっし》となった宇治の阿闍梨《あざり》に供養を依頼した。薫は、浮舟の遺族を援助することを約束し、四十九日の法要も心を尽くして営んだ。

夏の盛り、明石《あかし》の中宮主催の法華八講が六条の院で催された。法会が終わった時、薫は、かねてひそかに思いを寄せていた、今上帝《きんじょうてい》の女一の宮を偶然に垣間見《かいまみ》て、その高貴な美しさに惹《ひ》きつけられた。翌日、薫は、垣間見た女一の宮と同じ恰好《かっこう》を妻の女二の宮にさせてみるなどして、自らの心を慰めようとした。

秋になり、薫は、人の世の無常を思い、また、大君《おおいぎみ》、中の君、そして浮舟といった、縁の薄かった宇治の女君たちのことを考えて、憂愁《ゆうしゅう》に満ちた自分の宿世《すくせ》を顧みた。

薫は、女一の宮の姿を垣間見た。画面の中央で、侍女が宮に氷を手渡そうとしている。

コラム43

やっぱり親子、柏木《かしわぎ》と薫

薫は、大君《おおいぎみ》と出会う前から今上帝の女一の宮に憧れていました。女二の宮との結婚話があった時にも、女一の宮ならよかったのになどと思っていました。

偶然に女一の宮の姿を垣間見《かいまみ》した薫は、その面影を慕って、女二の宮に、同じ恰好をさせますが、満足できませんでした。なまじ憧れの女一の宮を見てしまったために、恋しさが募って我慢できなくなり、せめて筆跡だけでも見たいと、女二の宮宛に女一の宮の手紙が届くように画策もしました。そして、女一の宮の筆跡を目にして、ますます思いを募らせます。このような薫の姿は、実の父である柏木によく似ています。

柏木は、朱雀院の女三の宮に憧れていました。女三の宮が光源氏に降嫁《こうか》しても諦められませんでした。偶然に女三の宮の姿を垣間見してからは、ますます思いを募らせて、女三の宮の飼い猫を手に入れて、身代わりにしてかわいがりました。後に、柏木は、女三の宮の異母姉である女二の宮を妻にしても満足できず、一途に女三の宮を思い続けます（「34若菜上」～「36柏木」参照）。

高貴な血筋の女性に憧れて、思いを深めていく柏木と薫の姿に似ているところがあるのは、やはり同じ血を引いているからなのでしょう。

第五三　手《て》習《ならい》

浮舟、出家す

主要登場人物の年齢

薫	27～28
匂宮	28～29
浮舟	22～23前後
明石の中宮	46～47
横川の僧都	60余り
小野の妹尼	50前後

その頃、横川《よかわ》に高徳の僧都《そうず》がいた。初瀬詣《はつせもうで》の帰途に病気になった母尼の世話をするために、僧都は、山籠《やまごも》りを中断して山から下りた。その夜、母尼を移した宇治の院で、意識を失った女性が発見された。僧都は、弟子たちの反対を押し切ってこの女性を救った。僧都の妹尼は、この女性を介抱し、母尼とともに小野の里に連れ帰った。僧都は、母尼の快復を見届けて、山

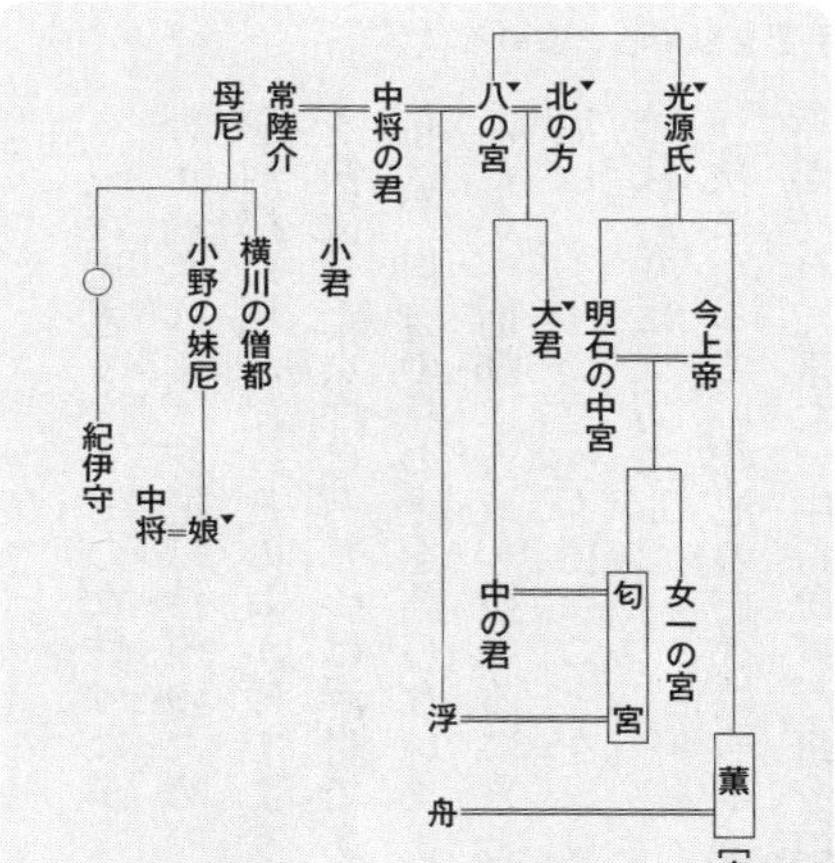

髪を下ろした浮舟は、手習をして心を慰める。

に戻った。

夏が過ぎても、その女性はなかなか快復しなかったので、妹尼は治療のための加持祈禱《かじきとう》を僧都に頼んだ。そのおかげでようやく意識を快復した女性は、じつは浮舟であった。浮舟は、自分の身の上を語らないまま出家を望んだが、僧都は五戒※を授けるにとどめた。妹尼は、美しい女性を得たことを喜び、亡き娘の代わりに大切にした。

秋になって、妹尼の亡き娘の婿であった中将が訪れて来た。中将は、浮舟を垣間見《かいまみ》て心惹《ひ》かれて、手紙を送るようになった。妹尼たちも二人の結婚を願うようになったが、浮舟にはその気はない。

九月、中将は、妹尼が初瀬詣《はつせもうで》に出かけた留守に訪れた。それを知った浮舟は、母尼の部屋に隠れて一夜を過ごし、中将からのがれた。浮舟は、男性に翻弄されたこれまでの人生を顧みて、出家を決意した。折から、物《もの》の気《け》で苦しむ女一の宮の加持のために、横川の僧都が下山してきた。浮舟は、僧都に懇願して、ついに出家を果たした。

横川の僧都は、その後、女一の宮の加持を行った際に、物の気に憑《つ》かれた女性の例として、小野にいて出家させた女性のことを明石《あかし》の中宮に語った。中宮は、侍女から聞いていた浮舟失踪《しっそう》のことと思い合わせた。

浮舟は、仏道修行に勤《いそ》しむかたわら、手習《てならい》を慰めに日々を過ごしていた。

翌年のある日、妹尼たちは、薫《かおる》に仕えていた甥《おい》の紀伊守《きのかみ》から衣の縫製を頼まれた。この衣は、薫が依頼した、浮舟の一周忌の法要のための布施《ふせ》であった。浮舟は、自分自身の法要のための衣であることを知って、激しく思い乱れた。

明石の中宮は、浮舟と思われる女性の消息を、侍女を介して薫に伝えた。驚いた薫は、真相を確かめるために、浮舟の異父弟の小君を伴い、横川に向かった。

※五戒　在家の信者が守らなくてはならない基本的な五つの戒律のこと。不殺生戒《ふせっしょうかい》（生き物を殺してはいけない）、不偸盗戒《ふちゅうとうかい》（他人のものを盗んではいけない）、不邪淫戒《ふじゃいんかい》（自分の妻または夫以外の異性と交わってはいけない）、不妄語戒《ふもうごかい》（うそをついてはいけない）、不飲酒戒《ふおんじゅかい》（酒を飲んではいけない）の五つ。

コラム 44

浮舟に見る出家のしかた

浮舟は、横川《よかわ》の僧都《そうず》に命を救われ、意識を取り戻した時、尼にして欲しいと頼みました。本格的に出家すると、男女関係を断って仏道修行に励まなくてはなりません。僧都は、若くて美しい浮舟の将来を思って、出家はさせずに、頭の頂の髪を削《そ》ぎ、五戒を授けるにとどめました。五戒とは、在家の信者が守るべき五つの戒律のことです。五戒を受けると、仏道に入る縁を結ぶことになり、延命息災が期待されます。

その後、浮舟は、やはり出家をしようと決意します。浮舟に懇願されて、憐れに思った横川の僧都は、弟子の阿闍梨《あざり》とともに出家の儀式を執《と》り行いました。

当時の女性が出家する際には、一度尼削ぎにします。浮舟の髪も、弟子の阿闍梨が削いで、尼削ぎにしました。法衣や袈裟《けさ》の準備がなかったため、僧都は自分の衣を浮舟に着せて、親のいる方角を拝むように言い、「流転三界中《るでんさんがいちゅう》　恩《おん》愛不能断《ないふのうだん》　棄恩入無為《きおんにゅうむい》　真実報恩者《しんじつほうおんしゃ》」と偈《げ》（経文）を唱えました。額髪《ひたいがみ》は僧都が削ぎ、終わりに出家者の心得を説教しました。

こうして、浮舟の出家は、急なことではありましたが、僧都の心尽くしで、可能な限り作法通りに行われたのでした。

第五四 夢浮橋《ゆめのうきはし》

浮舟、薫に返事をしないままに……

主要登場人物の年齢

薫	28
浮舟	23前後
横川の僧都	60余り
小野の妹尼	50前後

薫《かおる》は、横川《よかわ》の僧都を訪ね、小野で浮舟が暮らすことになったいきさつを聞いた。僧都は、浮舟と薫との関係を知って驚愕《きょうがく》し、浮舟を出家させたことを後悔した。僧都は、浮舟に会わせてほしいとの薫の頼みは断ったが、浮舟への手紙を書いて小君に託すことには応じた。

薫は、その日は帰京し、翌日、僧都の手紙だけではなく自分の手紙も託して小君を小野に遣わした。

小野では、早朝のうちに、妹尼に宛てた僧都からの手紙が届く。その手紙を妹尼から見せられた浮舟は、自分の身の上が明らかになったと思って動揺する。ちょうどその時、小君が訪れて、前に、僧都が浮舟に宛てて書いた手紙をさし出した。浮舟は、母を思い、涙を流しなが

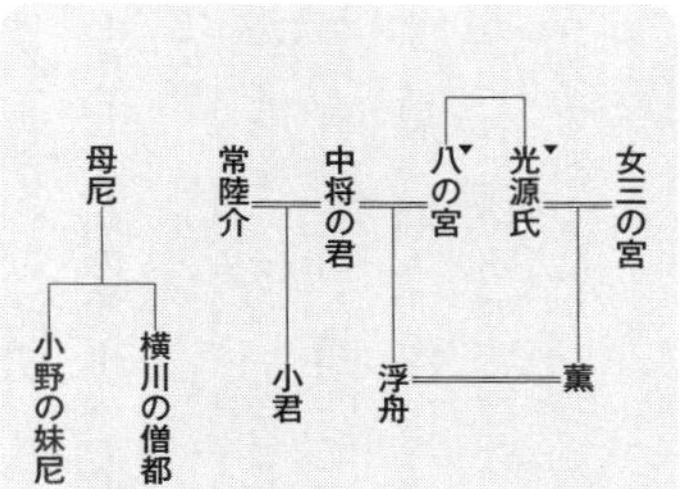

薫、小君を伴って、横川の僧都を訪れる。

らも小君と会おうとはせず、さらに小君が差し出した薫の手紙への返事も拒み通した。
薫は、返事をもらえないまま帰京した小君から事の次第を聞いて、あれやこれやと思い悩み、浮舟は誰かに隠し据えられているのではないかなどと疑うのであった。

コラム45 物語の終わり

『源氏物語』の終わりは、「……と、もとの本にあるようです」となっています。これは、本を書き写した人が、最後に書き添える決まり文句でした。ただし、『源氏物語』の場合は、他の人が書いた本を書き写したかのように、作者が装ったものであろうと考えられています。つまり、この文句も、作者自身が書いた物語の本文の一部なのです。

ところで、物語の結末は、浮舟に会うことを拒絶されて、まるで見当はずれのことを疑っている薫の姿で終わっています。この後、薫は浮舟に会えるのでしょうか。作者には、この続きを書く構想があったのに、何らかの理由で書き継がれなかったのでしょうか。さまざまな疑問がわいてきます。昔の読者も、気になったようです。後の世には、「夢浮橋」の巻の後日談として、浮舟と薫が再会する物語である『山路《やまじ》の露』という作品も書かれました。

一方、このようなハッピー・エンドではない終わり方に、意味や味わいがあるとする読み方もできます。このような物語の終わりは、人間の心の問題を追究してきた『源氏物語』の結末として、むしろふさわしいのではないでしょうか。

年立

第一部と第二部は光源氏の年齢、第三部は薫の年齢を基準とした。

治世	年齢	
治世		**1 桐壺**
	1	光源氏、生まれる。
	3	光源氏、袴着を行う。
		夏、桐壺の更衣、亡くなる。
	4	第一皇子（後の、朱雀帝）、春宮になる。
	6	桐壺の更衣の母、亡くなる。
	?	桐壺帝、高麗人《こまうど》たちの観相をもとに、光源氏を臣籍に降下させる。
	?	先帝の四の宮（藤壺の宮）、入内する。
	12	光源氏、元服し、左大臣の一人娘（葵の上）と結婚する。
		〈光源氏が13歳から16歳までの物語の記述はない〉

桐壺帝

17

2 帚木

五月雨の頃、光源氏、頭の中将たちと、雨夜の品定めを行う。

翌日、光源氏、方違え先の紀伊守邸で、空蟬と契りを結ぶ。

3 空蟬

光源氏、紀伊守邸を訪れ、空蟬の寝所に入るが、誤って軒端荻と契りを結ぶ。

4 夕顔

夏、光源氏、大弐の乳母を見舞い、隣家に住む夕顔の存在を知る。

秋、光源氏、夕顔のもとに通うようになる。

八月十五日、光源氏、夕顔のもとを訪れ、夜が明け始める頃、夕顔を何がしの院に誘う。

八月十六日の夜、夕顔、物《もの》の気《け》に取り殺される。

十月、空蟬、夫とともに伊予国へ下向する。

18

5 若紫

三月、光源氏、北山で紫の上を垣間見る。

夏、光源氏、三条の宮に退

6 末摘花

春、光源氏、末摘花の噂を聞き、末摘花邸を訪れる。

帝治世

18

5 若紫

出していた藤壺の宮と密会する。

六月、藤壺の宮、懐妊する。

冬、光源氏、紫の上を二条の院に迎える。

摘花

八月下旬、光源氏、末摘花邸を訪れ、末摘花と契りを結ぶ。

冬、光源氏、末摘花邸を訪れて、末摘花の醜い顔を見て驚く。

葉賀

十月、桐壺帝の朱雀院行幸の試楽が催され、光源氏と頭の中将、青海波を舞う。

十月中旬、朱雀院行幸が催された後、藤壺の宮、出産のために三条の宮に退出する。

桐壺帝治世

19

6 末

7 紅

二月、藤壺の宮、御子（冷泉帝）を出産する。

七月、藤壺の宮、中宮になる。光源氏、参議に昇進する。

20

8 花宴

二月下旬、紫宸殿で桜の花の宴が催される。宴の後、光源氏、朧月夜と逢って契りを結ぶ。

三月下旬、右大臣邸で、藤の花の宴が催される。光源氏、朧月夜と再会する。

朱雀帝治世

21

〈この年、桐壺帝譲位、朱雀帝即位、藤壺の中宮腹の御子（冷泉帝）春宮となる〉

世			治
22	23	24	25

葵　**9**

四月、新斎院の御禊《ごけい》の日、葵の上と六条の御息所の従者、物見の場所取りの争いをする。

八月、葵の上、夕霧を出産するが、その後亡くなる。

冬、光源氏、葵の上の四十九日が終わり、紫の上と新枕《にいまくら》を交わす。

木

九月、六条の御息所、娘の斎宮とともに伊勢に下向する。

十一月、桐壺院、亡くなる。

十二月、藤壺の中宮、三条の宮に退出する。

二月、朧月夜、尚侍《ないしのかみ》になる。

朝顔の姫君、斎院になる。

十二月下旬、藤壺の中宮、出家する。

春、左大臣、辞任する。

夏、光源氏、右大臣邸に退出中の朧月夜と密

里

五月二十日、光源氏、

朱雀帝

26　27

10 賢

会し、右大臣に発見される。

11 花散

麗景殿の女御のもとを訪れ、その後、西面の花散里を訪ねて語り合う。

12 須磨

三月、光源氏、左大臣家の人々や、紫の上、藤壺の中宮たちと別れを惜しみ、須磨に退去する。

八月十五夜、都に思いを馳せる。

三月、光源氏、上巳《じょうし》の祓《はら》えの後、暴風雨に襲われる。

13 明石

三月十三日の夜、光源氏、亡き桐壺院の夢を見る。

同日の夜、朱雀帝、亡き桐壺院の夢を見て、以来、眼病を患う。

三月、光源氏、明石の入道に迎えられて明石に赴く。

八月中旬、光源氏、明石の君と契りを結ぶ。

朱雀帝治世	治世
28	29

13 明石

夏、明石の君、懐妊する。

七月、光源氏に召還の宣旨が下り、光源氏、帰京する。

秋、光源氏、権大納言に昇進する。

14 澪標

十月、光源氏、故桐壺院のための法華八講を催す。

二月、春宮、元服する。

二月下旬、朱雀帝譲位、冷泉帝即位。光源氏は内大臣に、致仕の左大臣は太政大臣になる。

三月、明石の姫君、生まれる。

15 蓬生

末摘花、光源氏の須磨退去後、生活は困窮を極める。

四月、光源氏、花散里のもとを訪れる途中で、末摘花と再会する。

冷泉帝

30

14 澪標

秋、光源氏と明石の君、それぞれ住吉に参詣する。

秋、六条の御息所、斎宮とともに帰京して、出家する。その後、光源氏に前斎宮の将来を遺言して亡くなる。

16 関屋

秋、光源氏、石山寺参詣の途中、逢坂の関で、入京する常陸介一行に会う。

〈光源氏が30歳の年の物語の記述はない〉

31

17 絵合

春、前斎宮（梅壺の女御／後の、秋好中宮）、入内する。

三月、藤壺の中宮の御前で絵合が催されるが決着がつかず、後日、帝の御前でふたたび絵合が催されて、梅壺の女御方が勝つ。

18 松風

秋、二条の東の院が完成し、花散里、西の対に移り住む。

秋、明石の入道、明石の尼君伝領の大堰の山荘を改修させる。

秋、明石の君、尼君や姫君たちと入京して、大堰の山荘に入る。

秋、光源氏、大堰の山荘を訪れて、明石の君と再会する。

治世

18 松風

秋、光源氏、紫の上に、明石の姫君を養女として迎えることを相談する。

19 薄雲

冬、光源氏、明石の姫君を紫の上の養女として、二条の院に迎え取る。

32

春、太政大臣、亡くなる。

この年、天変地異が起こり、疫病も流行する。

三月、藤壺の中宮、亡くなる。

夏、冷泉帝、出生の秘密を知り、光源氏に帝位を譲ろうとするが、光源氏、頑なに拒む。

秋、権中納言（頭の中将）、大納言に昇進する。

朝顔

秋、光源氏、朝顔の姫君のもとに訪れる。

十一月、ふたたび朝顔の姫君のもとに訪れ、源典侍に会う。

雪の夕暮れ、光源氏、庭で女童たちに雪玉を作らせて紫の上に見せ、亡き藤壺の中宮や朝顔の姫君たちの思い出を語る。

冷泉帝

20

その夜、藤壺の中宮、光源氏の夢に現れる。

33

21 少女

三月、藤壺の中宮の一周忌。

夏、夕霧、元服して、大学寮で学ぶ。

秋、梅壺の女御、中宮になる（秋好中宮）。光源氏は太政大臣に、大納言（頭の中将）は内大臣に昇進する。

秋、内大臣、雲居雁を自邸に引き取る。

34

二月下旬、冷泉帝、朱雀院に行幸する。

秋、夕霧、従五位となって侍従に任じられる。

秋、六条の院が完成し、女君たちが移り住

22 玉鬘

四月、夕顔の遺児玉鬘、筑紫を逃れて、乳母たちとともに入京する。

九月、石清水八幡宮参

世　治

35

む。

21 少女

十月、明石の君も、六条の院に入る。

22 玉鬘

詣の後に初瀬寺に参詣して、右近と出会う。

十月、光源氏、玉鬘を六条の院に迎えて、花散里を後見役とする。

年末、光源氏、女君たちに新年の装束を調えて贈る。

23 初音

正月一日、六条の院の新春の祝い。光源氏、女君たちのもとを順に訪れる。

正月二日、光源氏、六条の院に上達部や親王たちを迎えて饗応する。

正月十四日、男踏歌が催される。

冷泉帝

36

24 胡蝶

三月下旬、光源氏、春の町で舟楽を催す。この日、秋好中宮、秋の町で、春の御読経を始める。

四月、光源氏、玉鬘のもとに送られて来た恋文を一緒に見て、求婚者たちを批評する。

25 蛍

五月雨の夜、光源氏、蛍の光で、兵部卿の宮（蛍の宮）に玉鬘を見せる。
五月五日、六条の院の馬場で、騎射が催される。
五月雨が続くなかで、光源氏、玉鬘に、物語について語る。

26 常夏

夏、内大臣、近江の君を引き取る。
夏、光源氏、六条の院の春の町の釣殿での納涼の際、近江の君のことを皮肉る。
夏、内大臣、雲居雁や近江の君の処遇に苦慮する。

27 篝火

秋、光源氏、玉鬘に恋心を訴える。
この日、夏の町の夕霧のもとを訪れた柏木たちを招き、奏楽をさせる。

37

28 野分

八月、暴風雨が六条の院を襲う。夕霧、六条の院を見舞い、紫の上を垣間見る。

同日、三条の宮に、祖母大宮を見舞う。

翌日、夕霧、秋好中宮を見舞い、その後、光源氏とともに六条の院の女君たちのもとを巡る。

29 行幸

十二月、冷泉帝、大原野に行幸する。玉鬘、初めて帝と実父を見る。

二月、光源氏、内大臣に、玉鬘が内大臣の娘であることをうち明ける。

二月十六日、玉鬘、内大臣を腰結役として、裳着が催される。玉鬘、初めて、実父内大臣と会う。

藤袴

秋、夕霧、三月に亡くなった大宮の喪に服している玉鬘のもとを訪れて、思いを訴える。

八月に大宮の喪が明けて、玉鬘、十月に尚侍として出仕することが決ま

冷泉帝

38

30

る。

31 真木柱

十月頃、玉鬘、鬚黒と結婚する。
十一月、鬚黒、玉鬘を迎えるために、邸を改築する。それを知って、北の方の父式部卿、娘を引き取る。

正月、玉鬘、尚侍として参内する。冷泉帝、玉鬘の局を訪れる。
十一月、玉鬘、男子を出産する。

32 梅枝

二月十日、六条の院で、薫物合が催される。
翌日、明石の姫君、秋好中宮を腰結役として、裳着が催される。
二月下旬、春宮、元服する。

33 藤裏葉

三月二十日、大宮の三回忌が催される。
四月七日、内大臣邸で、藤花の宴が催される。その日、夕霧、雲居雁と結婚する。

世　治　帝

39

33 藤裏葉

四月下旬、明石の姫君、紫の上につき添われて、春宮（後の、今上帝）のもとに入内する。

秋、光源氏、准太上天皇になり、内大臣は太政大臣に、夕霧は中納言に昇進する。

十月下旬、冷泉帝、朱雀院とともに、六条の院に行幸する。

【以上、第一部】

40

若菜上

冬、女三の宮、裳着が催される。その三日後、朱雀院、出家する。

正月二十三日、玉鬘、光源氏に若菜を献上して、四十の賀を催す。

二月中旬、女三の宮、六条の院に降嫁する。

二月、朱雀院、山寺に移る。

夏、明石の女御、懐妊して、六条の院に退出する。

十月、紫の上、光源氏の四十の賀のための薬師仏供養を催す。

十二月下旬、秋好中宮、六条の院に退出して、光源氏の四十の賀のために祝宴を催す。

十二月下旬、右大臣に昇進した夕霧、冷泉院の命により、光源氏の四十

冷泉

今上帝治世

41

46

34

の賀を催す。

三月中旬、明石の女御、第一皇子（後の、春宮）を出産する。

三月下旬、柏木、六条の院の蹴鞠の際、女三の宮を垣間見る。

35　若菜下

柏木、春宮（後の、今上帝）を介して女三の宮の猫をもらい受けてかわいがる。

蛍の宮、真木柱と結婚する。

〈光源氏が42歳から45歳までの物語の記述はない〉

冷泉帝譲位、今上帝即位。鬚黒が右大臣となる。

十月、光源氏、紫の上や明石の女御とともに住吉に参詣する。

正月二十日頃、光源氏、六条の院で女楽を催す。

翌日、紫の上、発病する。

世 治		
47	35 若菜下	四月中旬、柏木、女三の宮とひそかに逢う。 四月中旬、紫の上、病重く、在俗のまま受戒する。 冬、明石の女御、三の宮（匂宮）を出産する。 十二月、光源氏、朱雀院の五十の賀を催す。
48	36 柏木	春、女三の宮、薫を出産する。その後、出家する。 春、柏木、亡くなる。 三月、薫の五十日の祝いが催される。
49	37 横笛	春、光源氏、歩き始めて無邪気に振る舞う薫を見て、老いを感じる。 秋、夕霧、一条の宮を訪れて、柏木の遺愛の横笛を贈られる。
50	38 鈴虫	八月十五夜、光源氏、鈴虫の音を聞きながら琴の琴を弾く。 同日、冷泉院、光源氏や夕霧たちを招いて、詩歌の宴を催す。

今上帝			
	51	52	
39 夕霧	40 御法	41 幻	
八月、一条の御息所、亡くなる。 夕霧、落葉の宮と結婚する。	春、紫の上、病重く、出家を望むが、光源氏は許さない。 三月、紫の上、二条の院で法華経千部を供養する。 夏、紫の上、病気見舞いのために退出した明石の中宮と対面する。 八月十四日、紫の上、光源氏に看取られながら亡くなる。	二月、光源氏、紫の上が大切に思っていた紅梅を見ながら、紫の上を偲ぶ。 八月、光源氏、紫の上の一周忌に曼荼羅の供養を行う。 年末、光源氏、出家の準備をする。 十二月晦日、光源氏、人生の終わりを悟る。	

世　　治

雲隠

〈巻名のみ。これから八年、物語の記述はないが、この間に光源氏は亡くなっている〉

【以上、第二部】

14

卿

二月、薫、侍従になる。

秋、薫、右近中将に昇進する。

河

三月、蔵人の少将、鬚黒の大君と中の君を垣間見る。

四月、大君、冷泉院と結婚する。

15

部

正月、男踏歌が催される。

帝					
今上					
16	17	18	19	20	21
42 匂 兵					45 橋姫
			薫、三位の宰相に昇進する。	正月十八日、六条の院で賭弓の還饗が催される。 薫、宇治の八の宮のもとを訪れる。	
44 竹					
四月、大君、冷泉院の女宮を出産する。 中の君、尚侍になる。					

世　治

22

45 橋姫

晩秋、薫、八の宮の姫君たちを垣間見る。

十月、薫、八の宮から姫君たちの後見を頼まれる。

44 竹河

秋、夕霧は左大臣に、紅梅は右大臣に、薫は中納言に昇進する。

23

椎本

二月二十日頃、匂宮、初瀬参詣の帰路、宇治を訪れる。

秋、薫、中納言になる。

八月、八の宮、姫君らに訓戒を残して、寺に籠る。

八月二十日頃、八の宮、山寺で亡くなる。

年の暮れ、薫、宇治を訪れて、大君に恋心を訴える。

春、匂宮、姫君に逢わせてくれるように、薫にせが

木

梅

春、紅梅、匂宮に婿と

今上帝

24

む。

46

夏、薫、宇治で姫君たちを再び垣間見る。

47　総角

八月、薫、八の宮の一周忌の準備のために宇治を訪れる。薫、大君に恋心を訴えるが、拒まれる。

八月、薫、八の宮の喪が明けた後、宇治を訪れて、大君の寝所に忍び込むが、逃げられる。

八月二十八日、匂宮、薫の導きで中の君と契る。

49　宿

なるようにとほのめかす歌を送る。

43　紅

春、匂宮、宇治に通う。

夏、今上帝の女二の宮の母、亡くなる。

秋、帝、薫と碁の勝負をして、女二の宮との結婚をほのめかす。一方、夕霧、六の君と匂宮との結婚を望み、匂宮、それを承諾する。

世　治

25

47 総角

十月、匂宮、紅葉狩を口実に宇治を訪れるが、中の君に逢えずに帰京する。

十一月中旬、大君、薫に看取られながら亡くなる。

十二月、匂宮、宇治を訪れ、中の君を見舞う。

48 早蕨

二月初旬、薫、中の君のもとを訪れ、大君を偲ぶ。

翌日、匂宮、中の君を二条の院に迎える。

二月下旬、夕霧の六の君の裳着が催される。

木

夏、中の君、懐妊する。

帝　上　今

26

八月、匂宮、夕霧の六の君と結婚する。
八月、薫、中の君に恋心を訴える。
八月、中の君、薫に浮舟のことを語る。

49 宿

二月、薫、権大納言になり、右大将を兼ねる。
二月、中の君、男君を出産する。
二月、薫、女二の宮と結婚する。
三月末、薫、女二の宮を三条の宮に迎える。
四月、薫、宇治で浮舟を垣間見る。

50 東屋

秋、浮舟、中の君のもとに預けられる。
秋、浮舟、三条に移される。
九月、薫、弁の尼を介して浮舟に逢い、宇治に移す。

帝治世

27

51 浮舟

正月、匂宮、宇治に行って、薫を装って浮舟に逢う。

三月、匂宮、浮舟を迎える手紙を送る。

52 蜻蛉

三月、浮舟、失踪する。

春、匂宮と薫、浮舟の死を嘆く。

夏、薫、女一の宮を垣間見、もの思いする。

習

春、横川の僧都、浮舟を救う。小野の尼君、浮舟を小野に伴なう。

秋、小野の尼君の娘婿中将、浮舟に思いを寄せる。

九月、浮舟、横川の僧都の手で剃髪する。

九月、僧都、浮舟のことを明石の中宮に語る。

春、薫、浮舟のことを聞く。

今上
28

53 手

四月、薫、横川の僧都を訪ねようとする。

54 夢浮橋

夏、薫、横川の僧都を訪ね、浮舟のことを確かめる。
帰京の翌日、薫、浮舟に手紙を送るが、浮舟の返事はない。

【以上、第三部】

第一部　桐壺〜藤裏葉

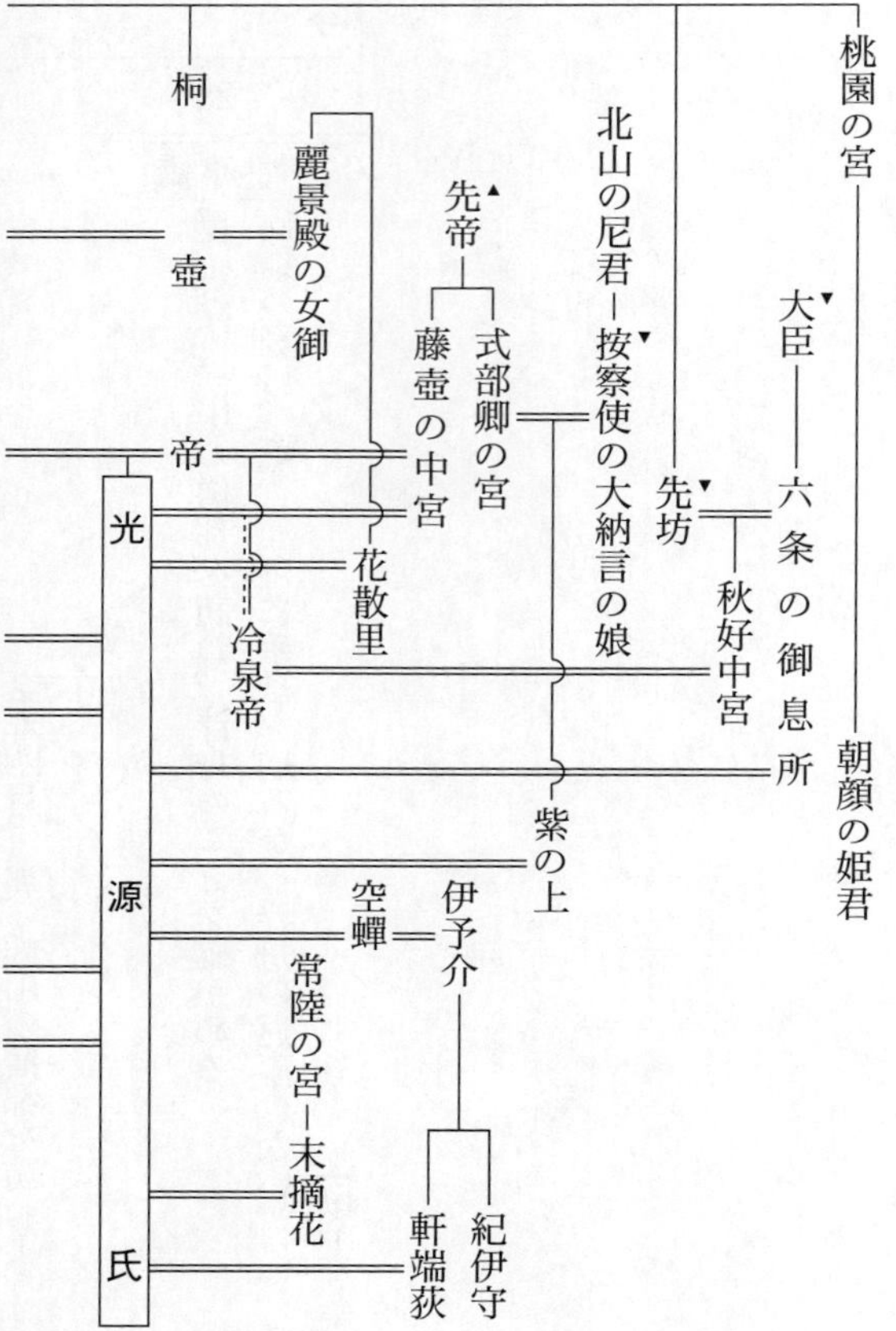
桃園の宮
朝顔の姫君
大臣
六条の御息所
先坊
秋好中宮
北山の尼君
按察使の大納言の娘
紫の上
先帝
式部卿の宮
藤壺の中宮
桐壺帝
麗景殿の女御
花散里
冷泉帝
光源氏
伊予介
空蟬
紀伊守
軒端荻
常陸の宮
末摘花

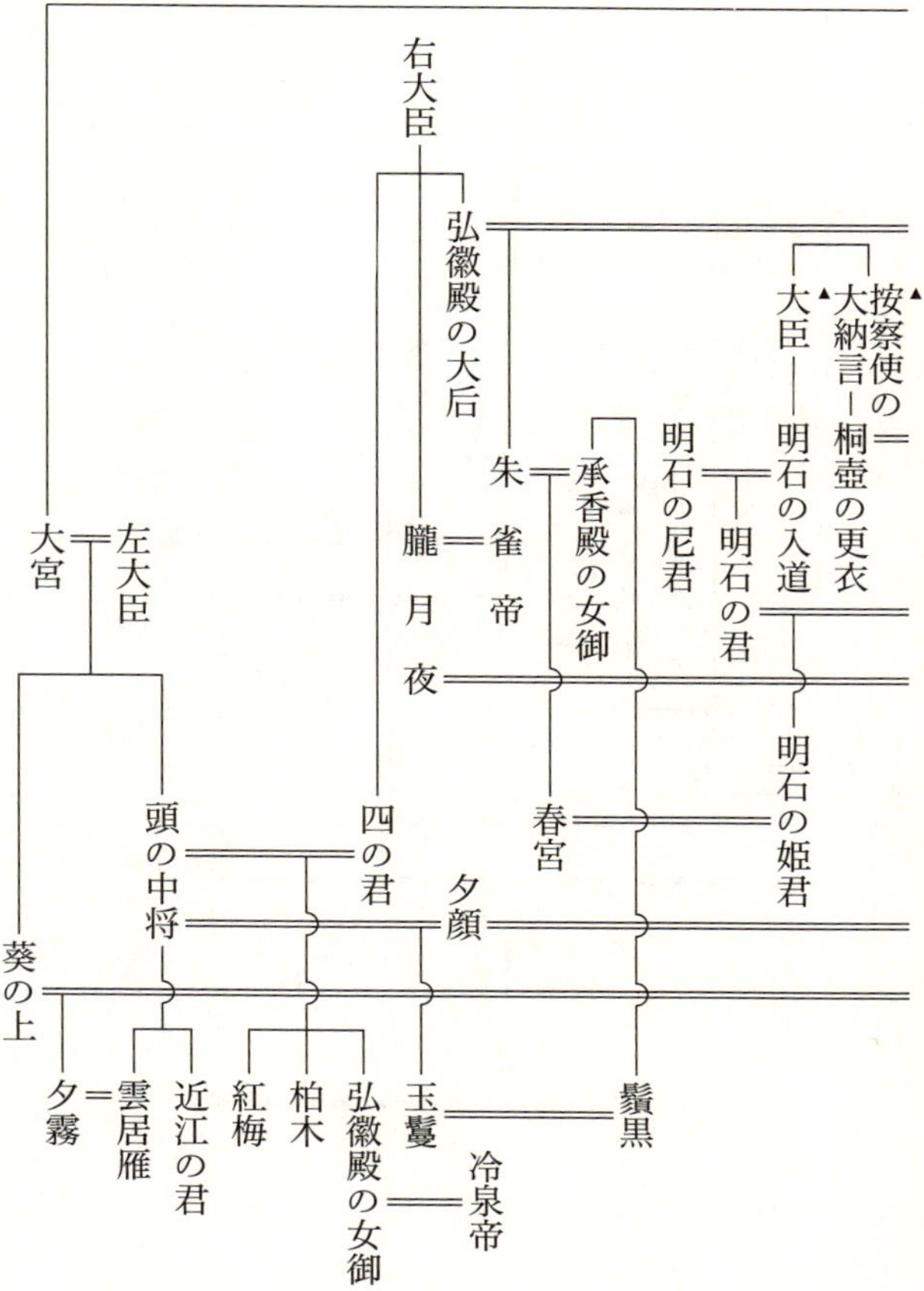

右大臣
弘徽殿の大后
▲按察使の▲大納言
大臣
桐壺の更衣
明石の入道
明石の尼君
明石の君
承香殿の女御
朱雀帝
朧月夜
大宮
左大臣
明石の姫君
春宮
四の君
頭の中将
夕顔
葵の上
夕霧
雲居雁
近江の君
紅梅
柏木
弘徽殿の女御
玉鬘
鬚黒
冷泉帝

第二部　若菜上〜幻

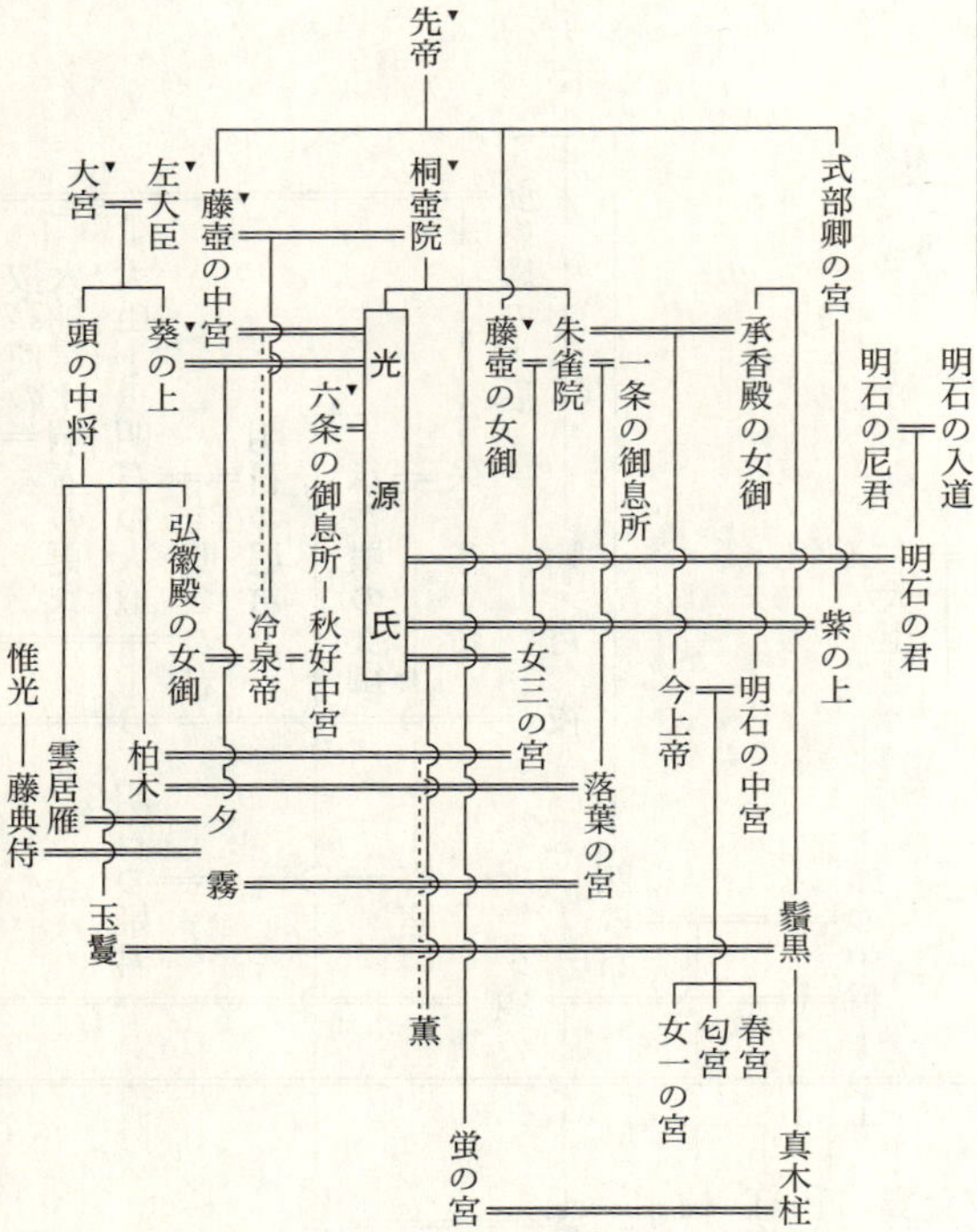
先帝
桐壺院
藤壺の中宮
式部卿の宮
左大臣
大宮
葵の上
頭の中将
光源氏
六条の御息所
秋好中宮
冷泉帝
藤壺の女御
朱雀院
一条の御息所
承香殿の女御
明石の入道
明石の尼君
明石の君
紫の上
今上帝
明石の中宮
弘徽殿の女御
女三の宮
落葉の宮
柏木
夕霧
雲居雁
藤典侍
惟光
玉鬘
鬚黒
真木柱
薫
蛍の宮
春宮
匂宮
女一の宮

第三部　匂兵部卿～夢浮橋

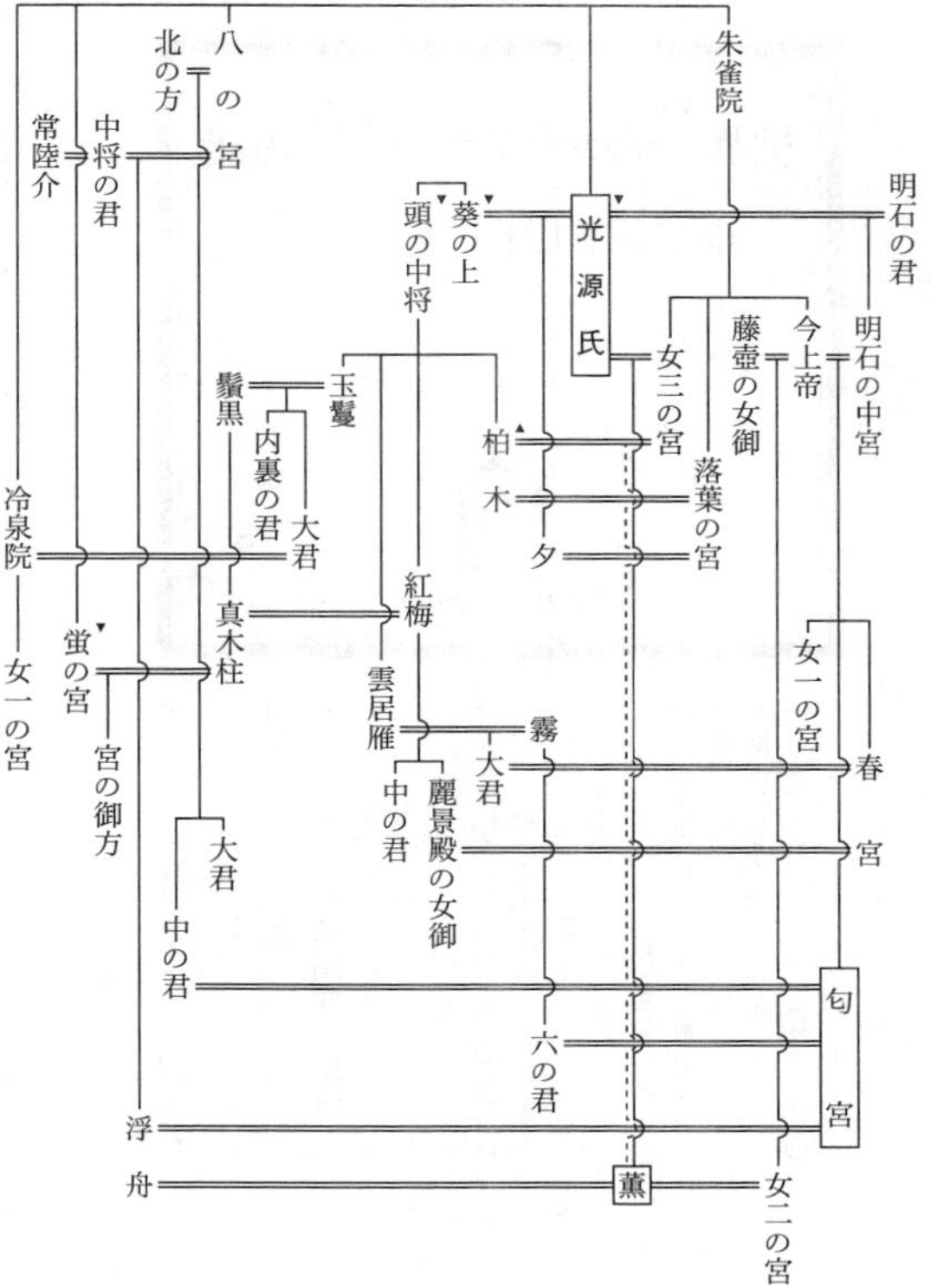
朱雀院
八の宮
北の方
中将の君
常陸介
光源氏
葵の上
頭の中将
明石の君
今上帝
明石の中宮
藤壺の女御
女三の宮
落葉の宮
玉鬘
鬚黒
内裏の君
大君
柏木
夕
冷泉院
女一の宮
紅梅
真木柱
蛍の宮
宮の御方
雲居雁
霧
大君
中の君
麗景殿の女御
女一の宮
春宮
大君
中の君
匂宮
六の君
浮舟
薫
女二の宮

世界《せかい》一《いち》わかりすぎる源氏《げんじ》物語《ものがたり》

『源氏《げんじ》物語《ものがたり》大辞典《だいじてん》』編集《へんしゅう》委員会《いいんかい》

角川文庫　17045

平成二十三年九月二十五日　初版発行

発行者―山下直久
発行所―株式会社角川学芸出版
東京都千代田区富士見二―十三―三
電話・編集（〇三）五二一五―七八一五
〒一〇二―〇〇七一

発売元―株式会社角川グループパブリッシング
東京都千代田区富士見二―十三―三
電話・営業（〇三）三二三八―八五二一
〒一〇二―八一七七
http://www.kadokawa.co.jp

印刷所―暁印刷　製本所―BBC
装幀者―杉浦康平

SP N-200-1　ISBN978-4-04-406418-1　C0193